ボスモンスターと思わしきそいつは、
でろでろに太ったスライムのような体をしている。
まるで悪夢のようなモンスターだった。
「んもぉおおお！
お前を食べる……！」
元・攻撃力ゼロだった主人公
ロイン

魔王軍の刺客
ヘドロスライム
元防御力ゼロだった妹（幼馴染）
クラリス

アレスター一行の
クーデレ魔法使い
エレナ
アレスター一行の
ツンデレ魔法使い
モモカ

俺だけ《確定レアドロップ》だった件

～スライムすら倒せない無能と罵られ追放されたけど、初めて倒した一匹から強武器落ちました～ 2

月ノみんと

ぶんか社

CONTENTS

1　戦いの報酬

魔王軍幹部デロルメリアとの激しい死闘から一夜明け――翌日、ちょうど新しい月になる日。つまりは、冒険者ランクの更新の日でもある。

俺は期待を抱きながら、ギルドへ向かった。ギルドにはすでに大勢の人がいて、みな俺を待ち構えていた。

龍の頂《ドラゴン・マウンテン》のふもとの街――ドラゴネアの人たちの証言で、すでに俺がデロルメリアを倒したということは知れ渡っている。

俺としてはなるべく大事《おおごと》にしたくないと、サリナさんにも頼んでおいたのだが――「まあちょっとそれは難しいかもですね……」と言われてしまった。

予想通り、俺が現れた途端、ものすごい注目を浴びてしまう。

俺とクラリスは人混みを避《さ》けながら、なんとかギルドの情報ボードを目指す。

「はは……すごい有名人だね、私たち」

「まあな、魔界からの侵略者を退けたわけだからな……」

しかも、相手は勇者パーティをも討ち取った強敵だ。

すでに国王にも知れ渡っているとか噂《うわさ》されていた……。

「ロインさん！　ロインさん！　待っていましたよ！」

「あ、あんたらは……」

クエストボードの前で俺たちを待ち構えていたのは――なんとあのドラゴネアの街で一緒に戦った、冒険者や街の人々。

「あのときは、本当にありがとうございました！　俺たち、ロインさんのファンになってしまいました！」

「だからこうして、ロインさんの記念すべき日を一目見ようと、こうして集まったのです！」

みんなはそう言って、俺を取り囲んだ。中には花束やプレゼントを渡そうとしてくる者もいた。

「はは……みんな、わざわざ来てくれたってのか……。うれしいな……ありがとう」

ふと、俺を取り囲む中に見知った顔を見つけた。デロルメリアに一度殺され、俺が救ったあの勇者パーティの面々だ。

「ロインさん。おめでとうございます。そして……あらためてありがとうございました。それから、数々のご無礼……すみませんでした！」

「アレスター、お前たちも来てくれたのか」

元勇者アレスター・ライオスが俺に深々と頭を下げる。あれ以来、すっかり俺への態度が変わってしまった。まあ感謝されて悪い気はしないが。いくら助けたからとはいえ、必要以上にへりくだって話されると、なんだか奇妙な気分になる。

アレスターは急に振り返ると、ギルドに集まっている連中に大声で話しかけた。

「みんな、今日はロインさんへの感謝とお祝いのパーティーだ！　今日は俺のおごりで振る舞わせてもらう！　だからロインさんのために盛り上げてくれ！」

「うおおおおおお！　さすが元勇者アレスター！　太っ腹だぜ！」

「よし！　ロインさんの活躍に乾杯だ！」

それからは大変な大騒ぎだった。みんな飲めや騒げやの大盛り上がり。ギルドが一瞬にしてパーティー会場へと変貌《へんぼう》した。

「ロイン、本当によかったね……」

「ああ、クラリスのおかげだよ」

まるで凱旋《がいせん》パレードだ。俺は酒を飲み、貴族にでもなったような気で浮かれていた。

だが、ここからが本当の始まりなんだ。俺は、こんなところで立ち止まってはいられない。

たまたま俺にこんな力があったのだから、今度はそれを有効活用しなければならない！　それが俺に与えられた使命だと思った。

この幸せな景色を、街を、人々を、俺が守りたいと強く心に誓った。

「さあて……じゃあランキングを見るか」

しばらくどんちゃん騒ぎが続いて、ようやくみんなが落ち着いてくれた。

俺は満を持してランキングボードを確認する。

《冒険者ランク》
1位　ロイン・キャンベラス　　Sランク

2位　クラリス・キャンベラス　　Sランク
3位　アレスター・ライオス　　Sランク
4位　エレナ・ルージュ　　Sランク
5位　ゲオルド・ラーク　　Sランク
6位　モモカ・フランベル　　Sランク

・
・
・

「はは……俺が、1位か……」

俺は一気に体中の力が抜けるのを感じた。

まさか、スライムすら倒せなかったあの俺が、冒険者ランクの1位になる日が来るなんて……。

しかも、あの勇者パーティを押さえての1位だ！

これも、俺があきらめずに、頑張ったからだ……。本当に、ここまで来れたんだ……！

「よかったね……ロイン！」

「ああ……！　クラリスも、2位だ！　おめでとう！」

「ありがとうロイン！　ロインのおかげだよ！」

≪冒険者ランク≫
1位　ロイン・キャンベラス
2位　クラリス・キャンベラス
3位　アレスター・ラ
4位　エレナ・

俺たちはその場で人目もはばからずに抱き合った。

これからは、俺たちがこの街のギルドの顔なんだ……。

「おめでとうございます。負けましたよロインさん。これからは、ロインさんが勇者であり、このギルドのトップです！」

「アレスター、ありがとう。これから力を合わせてこの街を守っていこう！」

俺たちは固い握手を結んだ。過去のことは水に流して、お互い上手《うま》くやっていきたい。

するとそこにサリナさんもやってきて、

「ロインさん、ボーナスもありますよ！　1位になった人には、特別にボーナスが進呈されるんです！」

「サリナさん……！　本当ですか!?」

そういえば以前にもランキング上昇ボーナスをもらったよな……。1位の場合も、別のボーナスがあるのか……。

俺はギルドカウンターで、1億G《ガレウス》もの大金を受け取った。

そうこうしているうちに、騒ぎはおさまってきた——かに思えたが。また再び、ギルド内がざわつき始めた。

「なんだろう……？」

ギルドカウンターのところにいた俺は、気になって後ろを振り返った。すると、人混みの中を、分け入ってくる人物が目に入る。みな、彼に注目している。

——ざわざわ。

どうやらただ者ではなさそうだ。

男は赤と金色で彩られた、豪華な衣服に身を包んでいる。

「あれは……王国からの使者だぞ……!?」

「使者……!?」

観衆の中の誰かがそう言った。

こんな冒険者ばかりしかいない泥臭いギルドに、そんなお偉いさんがなんの用だろう。もしかして、アレスターに用事なのか？　一応、今は俺が勇者の指輪を持っているとはいえ、王国的にはまだアレスターが勇者扱いなのだろうし……。

だが、王国からの使者とやらは、俺の前まで来ると、ぴたりと止まった。え……まさか俺に用があるのか……？

「貴公がロイン・キャンベラス殿であるか……？」

「え、ああ……そうです……」

彼は仰々しい立ち振る舞いで、なにやら書簡を取り出した。そして俺に向けて、それを両手で差し出し、一礼。

「ロイン・キャンベラス……あなたを正式に王国指名勇者として認め、世界の秩序の維持に貢献することを命じます……！」

「えぇ……、俺が……正式な勇者!?」

まあ確かに、今や俺のほうがアレスターよりも強い。勇者の加護も俺が持っているし、デロルメリアを倒したのも俺だ。となれば……俺にお声がかかるのも、当然といえば当然なのか……!?

「今回の魔王軍侵略騒動をきっかけに、再度勇者選定の儀を行いました。現状の貢献度や、実力、実績から見て、ロイン様。あなたが最もふさわしいと判断されたのです……！」

「こ、光栄です……！」

まあ、断る理由はない……というか国王からの指名だから、そもそも断れやしないんだろうが……。

「それで……俺はこれからなにを……？」

いきなり勇者と言われても、なにをすればいいのかわからない。そもそもアレスターだって、勇者としてなにをしていたのかわからないようなヤツだったし。

「以前と変わらず、モンスターや魔界からの侵略者に対抗していただければと存じます……」

「そうか……なら、俺の目的とも同じだ……」

俺はもっと強くなると決めていた。そして、俺の生活を邪魔する者も倒す。だから、俺の敵は国にとっても敵と言ってもいい。利害は一致している。

それに、勇者だからといって、特になにか変わるようではなさそうだった。

「ただ、勇者となったことで、いろいろな特権を受けられます」

「へぇ……」

「飲食店や各種装備屋での割引や、いざとなれば王国から兵を引っ張ってくることもできます」

「まあ……それはどうでもいいかな……」

「あとは……そうですねぇ……勇者として、国の冒険者たちの見本になり、士気を上げるように努めていただくとか……」

「まあ……それはなんとかなるかな……」

というか、それなら前の勇者は失格なんじゃないのか……？　あいつ、みんなの見本って感じじゃなかったぞ……。まあ、だからこそ俺はいい反面教師にしよう。

「いずれまた、王国に立ち寄っていただき、王から直々のお言葉をとのことです……。いつでも構いませんので……機会があれば……」

「ああ……うん、そのうち行かせてもらいます」

正直、そういうしがらみは面倒だ。でも、いつでもいいと言ってくれているのなら、まあいいか。

王国からの使者は、それだけ説明すると、書簡とメダルを渡して去っていった。

これで俺は、勇者となってしまったようだ。

「すごい……私たち、勇者パーティなんだね……！」

「だな……どうやらそうなってしまった……」

俺たちは顔を見合わせた。

なんだか、俺とクラリスが勇者パーティってのは変な感じだ。

これからはアレスターたちのことは元勇者パーティと呼ばなきゃだな。

なんだかややこしい……。

「ロインさん、おめでとうございます！　本当に……！」

「ありがとうございます、サリナさん！　これもサリナさんのおかげでもあります！　サリナさんがいつも笑顔で待っていてくれるから、俺は頑張れるんです」

「いえいえ、ロインさんの頑張りですよ！　私はこれからも、そのサポートをさせていただきますね！」

サリナさんもクラリスも、本当にいい人たちに恵まれた。俺は、今最高に幸せを感じていた。

しかし、魔界とのゲートは今も緩み始めている。またいつ強敵がこっちに現れても、おかしくない状況だ。決して油断はできない。

俺は先日までの戦いで得た戦利品を元に、新たな装備を調えるため、またあの鍛冶屋に出向くことにした——。

この街がいくら大都市とはいえ、あの職人の優秀さには驚かされるばかりだ……。

◇◇◇

「やあ、また来たぞ……」

俺はすっかり、この店の常連と化していた。慣れた手つきで鍛冶屋の扉を開ける。

「お。英雄のお出ましだ……！　噂は俺も聞いてるぜロイン！」

「おいおい……あんたまでやめてくれよ……」

まさかドレットにまで知られているとはな……。

「俺としても、自分の作った武器が活躍するのはうれしいよ」

「ほんとに、おかげさまだ……」

ドレットがいなければ、ここまでの成果は得られなかっただろう。まさに俺の恩人の一人といってもいい。これからもたくさん依頼をして、恩返しをしていこう。

「今日は、このアイテムを持ってきたんだ」

俺は《白龍の龍玉》をアイテムボックスから取り出した。ドラゴネアの街で、ホワイトドラゴンたちを倒したときに得たものだ。

「おお！　これは、《白龍の龍玉》じゃねえか！」

ただの龍玉とは違う効果があるみたいだが、これはどう使うのだろうか？

「確か龍玉は会心率を上げるものだったよな……？」

「ああ……」

「《白龍の龍玉》は、会心の一撃のダメージ自体を上げる効果があるんだ！」

「なるほど、龍玉と対をなす感じか」

となると、ぜひこれも武器に組み込みたい素材だな。龍玉で会心率を上げ、《白龍の龍玉》でそのダメージを上げる……！　なんともロマンのある話だ。

だが、俺のデモンズブレードはすでに限界まで改造してある。それに、今では《邪剣ダークソウル》という新しい武器のほうが攻撃力も高い。

俺は、デロルメリアのドロップアイテムである《邪剣ダークソウル》をテーブルの上に置いた。

「おいおい……これは、なんなんだ……!?」

ドレットは、見たこともない素材でできているその剣を、興味深く観察した。《邪剣ダークソウル》は、禍々《まがまが》しく、漆黒の煙のようなものを吐き出し続けている。

「さあな……俺にもわからない。ただ、魔界のアイテムであることは確かだ。これを改造できるか？」

さすがに優秀なドレットでも、コレを改造することはできないだろうか……？

「ちょっと待ってろ、時間をくれ。とりあえずこれは預かって、いろいろ試させてもらう」

「ああ、お願いするよ」

他の人間にはこんな貴重な剣を渡せないが、ドレットになら安心して預けられる。つくづく、俺は人に恵まれているなと思う。

◇◇◇

次に俺は、兵舎を訪れた。この街には、大勢の訓練された兵士たちが滞在している。

彼らは国から支給された武器を使っているのだが、それらはどれも経費削減のために、ベストなものとはいいがたい。中には前の部隊からのお下がり品などもあり、このままだと魔界からの脅威に対抗するには厳しいという状況だった。

「兵士長に会いたいのだが……」

「あ、あなたは……！　勇者ロインさん……！　い、今呼んできます！」

当然のように、兵士たちも俺のことを知っていた。

本来であれば、勇者とともに魔界の脅威を倒すのは、兵士たちの役目でもあった。それを民間人でありながら一人でやってのけた俺に、みな羨望《せんぼう》の眼差《まなざ》しを向けてくる。

「ロインさん、私が兵士長のカルロスです」

やってきたのは、赤髪の初老男性。年齢的に、実際に前線で戦うというよりは、指導者的な人物なのだろう。

とにかく、俺は兵士たちのために、あるものを持ってきた。タイラントドラゴンのドロップアイテム《龍神骨》だ。

「兵士長さん、これ……俺からの差し入れです」

「こ、これは…………!?」

アイテムボックスからいきなり巨大な素材を引っ張り出したせいで、かなり驚かせてしまったようだ。

「《龍神骨》じゃないか……！　ど、どうしてこれを……!?」

「これは俺一人で使うには大きすぎる素材です。ぜひこれで兵士たちの装備を一新してください。そのほうが、俺としても助かりますから」

これから魔界の脅威が大きくなると、俺一人では対処できないかもしれない。前回はデロルメリアだけだったが、複数の軍団に、複数の箇所を攻められる……というような事態も起こり得るからな。

それに、兵士たちのように画一的な装備が求められる場所では、こういう大きい素材が役に立つ。

「そ、そういうことでしたか……！　あ、ありがとうございます……！」

「まあ、そういうことだから、俺はこれで」

「ま、待ってください！　ロインさん！」

「え……？」

《龍神骨》を渡すという目的を終え、俺がそそくさと帰ろうとすると、カルロス氏に呼び止められた。

これだけでは素材が足りなかっただろうか？

「まだなにか？」

「その……我々兵士はみな、ロインさんの大ファンなのです！　どうか、みなに会ってやってください！　ロインさんに喝を入れてもらえると、きっと励みになります！」

「え、まあ……そういうことなら……別に構わないけど……」

その後、宴会を開いてもらったり、模擬試合をしたりなど、兵士たちから手厚い歓迎を受けた。

「ロインさん！　本当にありがとうございます！　俺たちはみんな、ロインさんに憧《あこが》れているんです！」

「俺の母親はドラゴネアに住んでいるんです！　ロインさんのおかげで、助かりました！」

などと、実際に兵士たちからそんな話を聞くと、俺も世界を救ったという実感が湧いてきた。俺は、こんなにもたくさんの人と関わったんだ……。

それと同時に、妙な責任感のようなものも湧いてくる。彼らの命を、決して無駄にしたくはない。

俺が、きっと魔王を倒すんだ……！

このとき、俺は初めて勇者としての自覚を得たのかもしれなかった——。

◇◇◇

俺は勇者になったことで、王から呼び出しを受けていた。

会いに来るのはいつでもいいとのことだったが、ちょうど今暇なので、こうしてやってきたわけだ。

転移したら一瞬で家に帰れるしな……。

面倒事はさっさと済ませておきたい。

「ではロイン様、王がお待ちです」

「ああ、ありがとう」

俺は案内に従って、王のいる部屋——謁見の間に向かった。

◇◇◇

「君が……ロイン・キャンベラスだね」

「はい、お初にお目にかかります……」

俺は、若き王に頭を下げた。さすがに、王と会うとなると緊張する。

「そうかしこまらなくてもいい。君は勇者なんだから。君とは対等な友人関係を築きたいと思っている。頭を上げてくれないか、ロイン」

「は……わかりました」

「敬語もよしてくれ。私のことは、ケインと呼んでほしいな」

「………わかったよ、ケイン」

王——ケイン・ヴォルグラウスに言われ、俺はしぶしぶ頭を上げる。ケインは色の濃い金髪の、いかにも王族といった高貴な顔立ちの好青年だった。

でもいくら俺が勇者だからといって、ちょっとフランクすぎないか……？　まあ、王が言うことだから、無下にはできない。

ケインか……俺の名前に、どことなく似ている。歳《とし》も近そうだし、親近感を覚える。向こうも、俺のことをそう思っているということだろうか。

「ロイン……会えてうれしいよ。この国を……いや、世界を危機から救ってくれてありがとう」

「いや、俺は当然のことをしたまでだ」

「実は先代の勇者――アレスターたちには私も頭を悩ませていたんだ……。君のような優秀な人物が現れてくれて、本当に感謝しているよ」

「それはまた……」

アレスターは王からも評判が悪かったのか……。

そのせいで、あんなに荒れていたのかもな。

「実は、アレスターを勇者に指名したのは、先代の王――私の父でね。父が死んだのをいいことに、アレスターはあることないことでっちあげて、好き勝手に振る舞っていたんだよ」

「そうなのか……。まあ、俺はそんなことはしないから安心してくれ。それに、アレスターも痛い目を見て今は反省している。大目に見てやってほしい」

「はは……そうだろうね。君はそういった私利私欲とは無縁の人間に見える。もちろんアレスターのことは水に流そう」

「まあ、俺は強くなれさえすればそれでいい。そうすれば、自分で護《まも》りたいものが護れるからな。

そのために勇者というのはちょうどいいポジションだ」

「……ロイン、君と会えたのもなにかの縁だ。私から、君に爵位を進呈しようと思う」

「は？　爵位……!?」

ケイン王は、突然とんでもないことを言い出した。さっきからのフランクな態度からしても、そこら辺の王とは一線を画した人物だとは思っていたが……。

俺に爵位だって!?

「そ、そんな……！　俺はそんなつもりでここに来たんじゃない」

「いやいや、遠慮はしないでくれ。これは友人としてのささやかなプレゼントだよ」

まったく……底の知れない男だ。俺に恩を売って、勇者としてつなぎとめておこうという算段なのか……？

それとも、ただ単に本当にお近づきの印でしかないのか？

まあ、いずれにせよ、俺にとっては利益でしかない話だ。

「ではロイン・キャンベラス子爵、君にアルトヴェール領を任せることにするよ」

「あ、アルトヴェール領……!?　そんな……！　まさか……!?」

アルトヴェール領というのは、俺たちが今住んでいる、あの城のある地域のことだ。あの城以外には、荒廃した大地が広がるばかりで、大したものはない場所だが……それでも広さでいえば、かなりの土地になる。

わずかだが畑もあり、農民も存在する、立派な領地だ。

「お、俺が……アルトヴェールの領主……!?」

「ああ、そうだよロイン。頼めるかな……？」

「も、もちろん……！　ありがたく頂戴いたします！　ケイン王」

「あはは……だからそうかしこまらないでくれよロイン。僕たちは友人、だろう？」

「は、はい……いや……ああ、わかったよケイン」

「よし、それじゃあ後のことは頼んだよ。あそこの土地は、君の好きに治めてくれ」

まさか、俺があのアルトヴェール領の領主になるなんて……。王は、初めからそれを言うために、俺を呼んだのか。なんて気前のいい……。

まあ、俺に守るものを増やさせて、勇者としてつなぎとめようという算段なのかもしれないが……。それにしても、若いのになかなかやり手の王だな。

「ケイン……本当にありがとう。領地は、魔王軍との戦いに備えて、有効活用するよ」

「はは……ロインならそうすると思ったよ。期待している」

俺は、この懐の広い王のためにも――いや、友人ケインのためにも、魔王軍を倒そうと思った。

まあ、それもケインの思い通りなのかもしれないが……。

「はは……この人たらしめ」

俺は、一人になった途端悪態をついた。

ああいう魅力的な人物が王として君臨していると考えると、こっちもやる気が湧いてくるな。戦いがいがあるというものだ。

領地は、今後発展させていき、俺の手で最強の兵団を作ろう。

そして、みんなが安心して暮らせる場所を作っていこう。

◇◇◇

家に帰った俺は、さっそくみんなに報告した。

「……と、いうことなんです」

「じゃあロインさん、ここの領主になったんですか⁉」

「ええ……そうみたいです……」

サリナさんに続き、クラリスとドロシーも俺に抱き付いて祝福してくれた。

「すごい！　ロイン！　さすが私の相棒《パートナー》だね！」

「はっはっは！　さすがこのドロシーちゃんの認めた男だ！」

今後、領地を発展させていくなら、彼女たちの尽力も必要だ。

「これからもよろしくな！」

「もちろん……！」

そしてさっそく明日からは、冒険の再開だ。領主として、もっと強くならなければな……！

ちなみに、領地経営に関する細かい書類仕事は、サリナさんがやってくれた。

それに、ドロシーはもともとこのあたりの姫様だった。なので、詳しいことはドロシーに聞けば大体のことはわかった。そっち方面の面倒なことは、ドロシーが代わりにやってくれるそうだ。念力もあるから、力仕事もドロシーにとってはお手の物だ。

他にも、どうしても男手が必要な場面では、元勇者パーティのアレスターとゲオルドが手伝ってくれた。魔法に関することはモモカとエレナが助けてくれた。
なにかあっても、最高の仲間たちが助けてくれる。
だからこそ、俺は俺で、自分の戦いに集中できるのだった――!

2　次なる冒険

ちょうど王の元から帰ってきた俺に、ドレットから連絡があった。俺は急いで鍛治屋へと向かう。

「おお、ロインあんたか……。これを見てくれ……！」

「これは……!?」

ドレットは先日俺が預けた《邪剣ダークソウル》を机に置いた。相変わらず《邪剣ダークソウル》は禍々しく漆黒の煙を放っている。

「これはとんでもない代物《しろもの》だぞ……？　見ていろ……」

ドレットは龍玉を一つ取り出すと、《邪剣ダークソウル》の上に落っことした。《邪剣ダークソウル》には持ち手の部分に、眼のような宝石が埋め込まれてある。

龍玉はまさにその眼の中に吸い込まれていった。

――ズモォ……。

「ど、どういうことなんだ……」

俺は目を丸くして驚いた。龍玉が、剣の中に吸い込まれていってしまった……。これでは、剣の改造どころではない。

「ロイン。どうやらこの剣、勝手に改造してくれるみたいだぜ……？」

「は……？　かってに改造？」

まさか、剣に素材を落としただけで、勝手に改造されるというのか……？　素材を勝手に取り込んで……？

「ああ、この剣は……生きている」

「そんな馬鹿な……！」

「俺もあの手この手で手を加えようとしてみたんだがな……どうやらこちらからいじることはできないようだ。どんな道具も、弾《はじ》かれてしまう。もしくはさっきの龍玉のように吸収されてしまうかだな……」

「そんな……ということは、改造して強化することはできないのか……？」

「ああ、だが……その必要はないんだ。さっき龍玉を吸い込ませただろ？　それだけで、すでにこの剣は《会心率＋15％》を得ている」

「おいおいマジかよ……」

っていうことは、この剣、もはや鍛冶屋いらずってことなんじゃないか……？　でも、だとしたらドレットには少し申し訳ないな。今までさんざんお世話になってきたのに、ここで用済みとしてしまうなんて……。

そんな俺の懸念を表情から読み取ったのか、ドレットは――。

「おいおいロイン、そんな顔するなよ。俺は別に気にしねえよ……」

「いや……でも……」

俺としては、今後もドレットに助けてもらいたかったのだが……。

そうだ、俺はいいことを思いついた。

「なあ、今後も素材を手に入れたら……ここに持ってきてもいいか？」

「ああ？　俺は別にいいけどよ……お前さんにメリットないだろ？　だってこの剣は、職人いらずで勝手に進化していくんだから……」

ドレットは、少し寂しそうに言った。くそ、やっぱり気にしてんじゃねえか……！

水臭いやつだ。

「でもさ、俺一人だと……やっぱり効果のわからない素材とかもあるんだ。この武器をどうやって進化させていくか、その指標になってくれないか？　わからないままなんでも素材をぶち込めばいってもんじゃないだろ？　素材の効果による相性とかもあるだろうし……。闇鍋ってわけにはいかない……。そうだな、スペシャルアドバイザーになってくれよ」

俺は、ドレットにそう提案した。

これはなにも同情からの申し出ではない。実際に、俺としてもドレットのような素材に詳しい人がいてくれたほうが助かるのだ。この邪剣が吸い込める素材の量にも、制限があるかもしれないのだし。

未知のものに対しては、やはり慎重にならないといけない。

「そうか……そうだな……。わかったよ。へへ……俺が勇者様のアドバイザーか……」

「そうだよ、これからもよろしく頼むぜ！」

ドレットとは他にもまだまだ付き合いが続きそうだ。おいおいドロシーの武器なんかも頼みたいし、クラリスだって、盾以外のものを使うかもしれない。それに、兵士たちをそろえるのなら、その武器も必要だ。

「なあドレット、俺は自分の領地に、魔王軍に対抗するための兵士団を作ろうと思っているんだ……。これはまだまだ先の話になるかもしれないのだが……。そのときは、ぜひあんたに武器の制作を頼もうと思っている」

「ああ、任せておきな……！　俺が最高の武器を仕上げてやるぜ！」

俺は、ドレットとぐっと握手をした。男同士の、固い握手だ。

そして俺は、《邪剣ダークソウル》をドレットと一緒にカスタマイズした。《邪剣ダークソウル》に吸い込ませたのは、龍玉七個と、白龍玉八個。これで、《邪剣ダークソウル》は《会心率＋100％》と、《会心ダメージ率＋100％》を得たことになる。

「はは……！　最強の剣の出来上がりだ……！」

《邪剣ダークソウル》
★17
攻撃力＋4000
魔力＋150
会心率＋100％
会心ダメージ率＋100％

◇◇◇

　ドレットから邪剣ダークソウルを受け取った俺は、その足でギルドへ向かった。まずはこの剣の威力を試してみたかったのだ。

「会心率と会心ダメージ……これがどれほどのものか……確かめたい……！」

　そのため、クラリスとはあえて合流せずに、俺一人で向かった。

　サリナさんは、俺が一人でギルドへ来たものだから驚いていた。

「ロインさん、クラリスさんは……？」

「ああ、ちょっと。今日は武器の受け取りだけだったから、別行動です」

「そうなんですか……」

　クラリスとはいつも一緒だったからな。たまにはこうして一人の時間も必要だ。それは彼女にとってもそうだろう。

「それで、一人でクエストですか……？」

「ええまあ。この武器の試し斬りに」

　俺は邪剣ダークソウルをサリナさんに見せた。

「これはまた……禍々しいですね」

「見た目はね。でも、きっと俺のためにいい働きをしてくれますよ」

　俺はサリナさんの元へ、一枚のクエストシートを持っていった。本来は一人で挑む用のクエストではないが、サリナさんなら了承してくれるだろう。

　この邪剣ダークソウルは、かなりの強力な武器だ。

　その威力を存分に発揮し、強さを確かめるためには、それなりの強敵に相手になってもらわねばならない。

「ロインさん……これは……」

「やっぱり、ダメですか……？」

サリナさんは、心配そうな目で俺を見つめた。

まあ、これは受付嬢としてではなく、恋人として反対するという感じなのかな？

「ロインさん、コレはちょっと危険すぎます。いくらロインさんでも……」

「大丈夫ですよ。俺はもう、かなり強いです。このくらい、一人でもこなせます」

「本当ですか……？」

「むしろこのくらいじゃないとダメなんです。サリナさんを守るためにはね……」

「ロインさん……」

なんとか、しぶしぶではあったが、サリナさんはクエストに判を押した。これで、俺は一人で危険なクエストに挑むことになる。

「絶対に、生きて帰ってくださいよ？」

「安心してください。俺は、死にませんよ」

勇者の指輪の加護もあることだし、俺は大丈夫だ。いざとなれば、戦場から転移で離脱すればいい。それに、一応は一度倒したことのある相手だ。

「では、いってきます」

俺が転移で向かった先は――以前行ったあの場所。

――龍の頂《ドラゴン・マウンテン》。

◇◇◇

俺は邪剣ダークソウルの試し斬りに、龍の頂《ドラゴン・マウンテン》を訪れた。例の一件以来、龍の頂《ドラゴン・マウンテン》にいるドラゴンはいまだに狂暴化しているそうだ。デロルメリア出現時ほどではないが、その残滓《ざんし》というか、余韻が残っていて、今ではAランク以上の冒険者たちのいい稼ぎ場となっている。

「さて……お久しぶりだな、タイラントドラゴン……！」

そう、俺がここに来たのはタイラントドラゴンの討伐のためだ。現在龍の頂《ドラゴン・マウンテン》には、またあの巨大ドラゴンが現れていた。もちろん、ヤツはかなりの強敵だ。以前の俺も、ヤツにはかなり苦戦した。まず体表が硬く、まともに剣を通さない。そのため、クラリスと協力して弱点を上手く狙い、ようやく倒せたのだ。

だが、今回俺はそれに、一人で挑む。

「まあ、この武器ならいけるだろう……」

このタイラントドラゴン討伐クエストは、張り出されてから、もう数日誰もクリアせずに終わっていた。なにせ、相手は俺とクラリスですら苦戦した強敵だ。それに、あの巨体を相手するために、クエストの規定人数が六人以上となっていた。通常、実力者ほど群れるのを嫌うのが冒険者という生き物だ。それに、複数パーティが合同でとなると、それもまた折り合いがつかなかったりする。

「……ってなわけで、俺が倒すしかないよな……！」

俺はそんなことを考えながら、ダンジョンを歩き回った。

途中何度か冒険者に会うが、彼らは小物のドラゴンを倒しているヤツばかりだ。まあ、俺としては仕事がスムーズにいくからありがたい。

どうやら、ダンジョンの浅いところでは弱めのドラゴンが、奥に行けば行くほど強いドラゴンが出るらしいな。デロルメリアが魔力を蓄えていた地点に近いと、その分モンスターに魔力が行きやすいのだろうか。

「ならやはり、あそこか……」

俺は以前にタイラントドラゴンと戦った場所までやってきた。そう、勇者アレスターが一度散った地だ。あの後元勇者パーティたちがアレスターを蘇生しにすぐ戻った。おかげで、アレスターも今ではぴんぴんしているわけだけど。

彼らにはひとしきり感謝されたが、いまだに慣れないな。冒険者の中には、なんであんなやつらを助けるんだという人もいた。だが、俺は一応、彼らの哀れな最期を目の前で見ている。

あのままなにもせずに放っておける俺ではなかった。

「まあ、あいつらにも魔界との戦いに手を貸してもらえば、そのうちみんなも認めるだろう」

デロルメリアと戦った日のことを思い出し、これからの戦いに思いを馳《は》せていたそのとき――。

「グオオオオオオオオオオ!! !!」

頭上から、大きな鼻息と鳴き声が聞こえてきた。

「ようやくお出ましか……」

俺はゆっくりと振り向いた――そこには、以前と変わらぬ大きさで――いや、以前にも増してぶてぶてしく、ぶくぶくと太ったタイラントドラゴンの姿があった。

どうやらデロルメリアの残した魔力を全部こいつが吸い込んでしまったみたいだな。

「さあ、その腹かっぴらいて、おとなしくレアドロップアイテムをよこしな……！」

これだけ魔力を吸い込んでいれば、ドロップアイテムにもなにか変化があるかもしれない。俺としては、そこにも期待を抱かざるを得ない。

「キュオオオオオン!! !!」

タイラントドラゴンは、大きく息を吸い込んで、ダンジョンフロアを満たすくらいのブレスを放った。

「く……！」

幸い、勇者の指輪の加護もあって、ブレスは俺に効かない。だが、視界が大きく遮られてしまう。

「弱点調査《ウィークサーチ》――！」

俺はスキルを放った。これで、タイラントドラゴンの弱点がハイライト表示され、視界の悪い中でも位置が把握できる。

「そこだ……！」

俺は、タイラントドラゴンのいるであろう方向に、剣撃を放った。ここからだと、弱点である首裏を狙うことはできない。だが、今回は今までとは違う、最強の武器を、試し斬りに来ているのだ。

俺は迷いなく、タイラントドラゴンの硬い硬い腹を狙った。

「斬空剣《エアスラッシュ》――！」

――ズシャア……！

剣撃は、ブレスの煙をかき分けるようにして、まっすぐにタイラントドラゴンへと飛んでいく。

タイラントドラゴンも、見えないところから急に剣が飛んでくるとは思わなかったのだろう。避《よ》けもせずに、その場に立ち尽くしている。まあもっとも、気づいたとしても、あの巨体で俺の剣を避けられるとは思えないが。

――ズバババババ……！

タイラントドラゴンの腹に、俺の剣撃が当たる――！

今までのデモンズブレードであれば、その攻撃は弾かれていただろう。だが、今回の邪剣ダークソウルの剣撃波は、タイラントドラゴンの硬い鱗《うろこ》に突き刺さった！

――バリバリバリィ！

ものすごい音と火花を上げながら、タイラントドラゴンの腹に大きな切れ込みが入っていく！

だがしかし、さすがの巨体だ。それだけでは、全体にダメージを与えることはできておらず、タイラントドラゴンはいまだに両足でしっかりと地面を踏みしめている。

「しつこいヤツだ……！　これでくたばれぇ！」

俺はすかさず、高速移動《スピードアップ》で距離を詰める。さっきの斬空剣《エアスラッシュ》で、いくぶん視界がましになった。そして、タイラントドラゴンの腹に開いた大きな切れ目に、剣をぶっ刺した。

俺の攻撃は今やすべてがクリティカルヒット！

さらに、傷口へのダメージは、相当なものだろう。

「ギュアアアアアアア!!　!!」

タイラントドラゴンは、絶叫した。そりゃあまあ、俺でも傷口にこんなするどい剣を突き立てられたら、泣き叫びもする。

だが、タイラントドラゴンはしぶとく、まだ絶命しない。どれだけ体力があるんだ……!?

俺は、とどめの一撃を放った。

「雷撃剣《サンダーソード》――――!」

――バリバリバリバリバリィ!!!!

「ギュオオオオオオオオン!!!!」

タイラントドラゴンの腹から、傷口に電撃を流し込む! 全身に電撃がクリティカルヒット!

タイラントドラゴンは絶命し、その場にようやく倒れた。

「ふぅ……」

以前はあれほど苦戦した相手だったが……今度は俺一人で倒せるまでになった。しかも、弱点を狙わずに、正面から一番硬い部分を破壊してだ。

「これは、ドロップアイテムも期待できるかもなぁ」

今までの経験上、こういう一番硬い部分とかを破壊すると、なにか特殊なアイテムが得られたりする。俺は、タイラントドラゴンのドロップアイテムをまさぐる。

「お……! これは……!」

《転移石》
レア度　★19
ドロップ率　???
説明　手に持った者は、転移《テレポート》スキルを使用可能。

非消耗アイテム。

「こんな便利なものが……！」

あれからスキルメイジを倒しても、転移の書は一度もドロップしなかった。だが、この石さえあれば、俺以外の人間も転移が可能になるというわけだ。

「コレはいろいろ使えそうだぞ」

俺は既に、頭の中で構想を練り始めていた。

◇◇◇

「もうロイン！　私抜きでクエストに行くなんて！」

「クラリス……ごめんごめん」

家に帰った俺は、さっそくクラリスに怒鳴《どな》られた。置いていかれたことに腹を立てているのだろうか。

「いざというとき私がロインを守れないじゃん！　なにかあったらどうするの！」

ああ、そういうことか……。

「俺は大丈夫だよ」

「もう！　私にももっと頼ってよね！」

クラリスは頬を膨らませて、そう言った。拗《す》ねているのか……？　むむう……女心というのはこうも複雑怪奇か。俺にはいささか難しい。

「わかったよ。今度から相談する。いつも頼りにしているよ」

「ほんと？　絶対だよ？」

さて、クラリスの機嫌も直ったようだし。俺はサリナさんとドロシーも交えて、ある提案をした。

「えーっと、我がアルトヴェール領ですが……」

と、俺は大げさに前置きをして、机に両手をついた。

「どうしたんだ？　そんなにあらたまって」

とドロシーが怪訝《けげん》な顔で尋ねる。

俺は手でドロシーを制止し、言った。

「商業ギルドをオープンします！」

「「はい……!?」」

俺の提案に、三人は顔を見合わせて声をそろえた。まあ、ムリもないか。今まで戦っては強化してのハクスラ祭りだった俺からそんな言葉が飛び出せば。

だが、これは意味のある提案なのだ。

「ドロシー、お前はいつも家事以外の時間は、暇しているよな……？」

「うーん、まあねぇ」

ドロシーにも、戦闘能力がないわけではなかったが、今のところ本人にその気はないそうだ。元がお姫様だし、そりゃあそうかもしれないが。

「それに、サリナさんも、週の半分は暇ですよね？」

「ええまあ……。お家《うち》でゴロゴロしてるだけっていうか……すっかりロインさんの収入に甘えてしまっています」

「まあ、俺としてはそれでも構わないんだけど……。ちょっとだけ、最初だけ手伝ってもらいたいんだ」

「はぁ」

俺の作戦はこうだ。最初、ドロシーとサリナさんの手を借りて、商売を始める。幸いにもこの城は、使ってない部屋がたくさんあるから、商品の置き場にも困らない。商品は俺が狩りで集めてきた戦利品を元手にすればいい。アイテムボックスもあるし、輸送も簡単だ。予備のアイテムボックスも、いくつか集めてきてある。

「さらにはこれ……！」

俺はじゃーん、とあるものを見せる。先日手に入れた転移石だ。

「これは転移石。これを使えば、サリナさんやドロシーも街に一瞬で行ける。これなら、商売も簡単だろ？」

「そうですね……これは……いけるかもしれない！」

アイテムボックスと転移石を組み合わせれば、まず敵なしだ！

最強の貿易網が作れる！

「あとは、金さえ集まれば従業員を雇い入れよう」

「ですね。その辺も、私がやります」

サリナさんの受付嬢としての書類仕事のスキルも、ここで活《い》きてくる。

「さらに、この城を中心に商売を進めていけば、このアルトヴェール領に入植したいという人たちも集まってくるかもしれない！」

「おお！　そうなれば、私の国が復活じゃな！」

とドロシーも立ち上がって興奮する。その辺の民の管理は、ドロシーに一任しよう。

「どうだ？　そうすれば、きっといい領地経営ができるはずだ！　金や物や人を、この城の周りに集めるんだ！」

「なるほど！　ロインさん、天才ですね！　まさか領地経営の才能もあるとは……！」

「いやぁ……単なる思い付きですよ。それに、サリナさんの力も、かなり借りることになってしまいます」

「私は、ロインさんのためなら、このくらいなんでもないですよ！　ギルドでぼーっと過ごしているよりは、やりがいもあります！」

どうやらサリナさんもドロシーも、乗り気でいてくれているみたいだ。

「私の念力で運べば、重たい商品でもすぐだしな！」

「うん、まあ……その辺はアイテムボックスもあるから完璧だな！」

思ったよりも、人手もかからなさそうだ。

「じゃあ、私たちはさっそくそのアイテムを集めに行かなきゃね！」

とクラリス。俺とクラリスは、冒険に出て余った素材などをここに持ち帰るのが仕事だ。

「そうだな！　今日からますますアイテム集めをしていこう！」

俺は、この城を中心に、豊かな街ができるところを夢想した。きっと、素晴らしい土地になる。

今はまだ、なにもなくて殺風景な場所だが……俺たちの力で、ここを楽園にするんだ！

◇◇◇

素材集めに奔走する前に、まずは今できることをやろう。

俺はアイテムボックスを開いて、城の一番大きな部屋に余った素材をぶち込んだ。

「うわ……すごい、こんなに素材があったんですね……」

「まあ、こんな確定レアドロップ体質をしていますからね……自然と、使わない素材ばっかりにはなるんです」

あまりの素材の多さに、サリナさんは驚いていた。まあ全部の素材を無理やり活かすこともできるが。正直、装備品にもスキルにも今のところ苦労はしていない。今までに隙間《すきま》の時間で集めた素材が大量にあった。

「じゃあこれ、アイテムボックスです」

俺は予備のアイテムボックスをサリナさんとドロシーに渡す。これで彼女たちだけでも商売を行える。

「あとは……商業に詳しい人を何人か雇いましょう」

当面の予算も渡しておく。下っ端のスタッフは適当に雇っておいてもらおう。それから、商業の責任者については俺が直接雇ったほうがよさそうだ。俺はさっそく準備を始めた。

俺は単身、商業ギルドへ向かう——。

◇◇◇

商業ギルドから帰ってきた俺は、サリナさんやドロシー、徐々に増えつつあるスタッフたちを集めた。

「……ということで、彼が商業の責任者だ」

俺は雇った人物を、みんなに紹介する。

「はじめまして。アリエスタ商会の、ノエルです」

ノエルと名乗った人畜無害そうな青年は、深々と頭を下げた。緑色の髪をした、エルフ族の人間だ。

「ちょっと……ロインさん、アリエスタ商会って……!?」

サリナさんが驚いて言った。そう、アリエスタ商会といえば、かなり有名な商業ギルドだ。そんなところからやってきた人物、不思議がるのも無理はない。

「ああ、彼をアリエスタ商会からスカウトしたんです」

「えぇ……!?　あのアリエスタ商会からですか……!?　どうやって……」

そう、俺はノエルを引き抜いてきた。もちろん、アリエスタ商会には話をつけてある。

「アイテムボックスや転移石の話をしたら、すぐにでもうちと組みたいと言ってくれたんですよ」

「はい！　もうロインさんのアイデアに感銘を受けました！　アリエスタ商会総出で、ロインさんに協力しますよ！」

とノエルがやや興奮気味に言った。そう、ノエルは一応、アリエスタ商会から借りていることになっている。まあ給料もうちで払うし、好きに使っていいとも言われているから大丈夫だ。他にも取引先や、人材の確保にも、アリエスタ商会は手を貸してくれるそうだ。

「でも、アリエスタ商会が後ろ盾になってくれるなんて……幸先いいスタートですね」

「本当に、よかったです」

やはりアイテムボックスや転移石を使った商売というのは、商人からしても魅力的なのだろう。少しでも甘い汁を吸おうとするのが道理だ。

俺としても、アルトヴェール領だけでなくミレージュの街を巻き込んだ貿易網を構築していきたいと思っている。先行投資を惜しまないアリエスタ商会には、感謝しかない。これから、利益を一緒に上げていくつもりだ。

「じゃあ、ノエル。それからサリナさん、ドロシーあとは頼んだ」

「わかりました、ロインさん」

商会の設立や、それからの商売は彼らに任せる。俺は、その間にも新たな商品を集めることにした。

「じゃあちょっと行ってくるよ」

「はい！」

俺とクラリスは、冒険の準備を始めた。目指すはギルドラモンという街だ。ミレージュ周辺にはない素材なんかを集められたらいい。それに、魔王軍討伐のために、強い冒険者を集めるのも目的の一つだ。

もっと領地を経営していきたいところだが……。正直俺の性に合わないから、そこはみんなに頼ろう。俺は俺にできることをするまでだ。商売が上手くいけば、自然とこのアルトヴェール領にも人が集まってくるだろう。

戻ってきた時に、商売が上手くいっていることを祈って――。

「さあ、やることはたくさんあるぞ……！」

3　新たな街

　俺とクラリスはギルドラモンという街を訪れた。ここはミレージュと双璧をなす大都会だ。むしろ、冒険者の質でいえばこちらのほうが上かもしれない。

　なぜそんな街を訪れたか。目的は素材集めと、人材確保のためだ。ギルドラモンはミレージュとは地図の反対側にあり、戦えるモンスターも大きく変わってくる。そのため、そこで商品を仕入れ、アルトヴェール領に持って帰れば、高値で売れるだろうということだ。

　それに、ここには手練《てだ》れが集まっている。腕のいい冒険者を、アルトヴェール領にスカウトできれば、一石二鳥だ。俺は魔王軍に対抗するための、騎士団を作ろうと考えていた。

「どうやらこっちの方までは、デロルメリアの件はあまり知れ渡ってないみたいだな……」

「そうだね……でも、買い物はしやすくていいかもね」

　街を歩くも、俺のことを知っている人はいない。今ではミレージュで俺のことを知らない人はいないくらいだというのに。まあ、それも当然か。これだけ離れていれば、噂が広まるのも時間がかかる。

「あのー、魔王軍のことについて、お聞きしたいんですけど」

　俺は試しに、道行く人に聞いてみた。ごく一般の、普通の成人男性という感じの人物に話を聞く。

「んあ？　魔王軍？　そういや、西の方でそんな事件があったってのは聞いたような気はするなぁ……」

「そうですか……」

どうやら、一般人の認識としてはその程度なようだ。たまたま、魔界の扉が開いたのがミレージュの近くだったということか。それとも、勇者の拠点がミレージュだったからということかもしれんが。

「次は、冒険者ギルドに行ってみるか……」

「そうだね、そこならなにかわかるかも」

どうやらこの街に、ミレージュのような情報屋はないらしい。もしかしたら存在するのかもしれないが、少なくともよそ者に気楽に教えられるような表の情報屋はないみたいだ。だが、冒険者ギルドというのは物資も人間も、情報も、自然と集まってくる場所だ。そこに行けば、とりあえず目的は果たせる。

◇◇◇

「ここがギルドかぁ……ミレージュよりも、活気がある気がするなぁ……」

見渡す限りの広い集会所に、多くの冒険者が集まっている。酒樽《さかだる》の上で腕相撲をする人たちや、飲み比べをしている人たち。ミレージュの少し上品で、プライドの高そうな冒険者のイメージとは打って変わっていた。

荒くれ者、という表現がふさわしいような感じだ。

「活気があるっていうよりも……下品？　柄の悪い感じだね……」

「はは…………だな……」

俺たちがそんな話をしていると……後ろから声をかけられた。この街の冒険者だろうか。

「おい、どけよ」

「ああ……すまん」

どうやら入口で道をふさいでしまっていたようだ。少し新しいギルドに見とれすぎた。

「おっと……」

俺たちは素直に避けた。それなのに、後ろからやってきた男たちは、わざと俺たちにぶつかってきた。

——ドン。

「おいおい、お前らがさっさと退《の》かねえから、ぶつかっちまったが？」

男は俺を睨《にら》みつける。

「…………？　俺は、ちゃんと避けたし謝ったはずだが？」

ここは俺も強気でいかせてもらう。明らかに、相手はこちらを挑発してきていた。相手の目には、悪意しかない。

「うるせえなぁ！　よそ者のくせに口答えすんじゃねえ！」

「…………おだやかじゃないな……」

どうやらさっきこのギルド全体に抱いた印象は間違いではないらしい。血気盛んな荒くれ者ギルドという印象は本当のようだ。

「どこの坊ちゃんか知らねえが、ここはてめえみたいなピカピカの鎧《よろい》を着こんだヤツが来る場所じゃねえんだよ！」

　男は俺の鎧を見てそう言った。まあ確かに、こいつらから見れば高そうな鎧かもしれないな。実際、男の鎧はもう何年も使い古している感じで、ひどく汚れ、劣化していた。

「あいにくだが、俺は戦いでそこまで傷を受けない」

「んだとぉ！　舐《な》めんじゃねえぞ……！」

　男は俺に、斬りかかってきた――！

　俺は、念のため忠告をする。

「おい、やめておいたほうがいい。俺を攻撃するな」

「うるせえ！　生意気なガキだ！　くたばんな！」

　だが男は忠告を無視して、俺の鎧に刃《やいば》を――。

　――キュイン！

　男の刃が、俺の鎧に到達するよりも先に、俺の《勇者の指輪》が反応した。

「ぐわーッ！」

　男の手元をめがけて、《勇者の指輪》から赤い光線が発射される！

　思わず、男は剣を手から放し……。

　――ドン！

　男自身の足の先に、剣が突き刺さる。

「ぎえええええええええええええ!!　!!」

　男は絶叫し、その場に倒れた。

「だから忠告したのに……」

俺はちゃんと、攻撃をしないほうがいいと言ったはずだ。俺には勇者の加護が働いているから、こんなチンピラの攻撃、避けるまでもない。

「くそ……！　なんだその力!?」

男の後ろにいた取り巻きたちは、恐れおののいた。

「そいつの自業自得だ」

「っく……！　覚えていろ……！　この街にはな、あの御方がいるんだからな！」

「……？　あの御方？」

「へっへっへ、裏の勇者様だぜ……！」

「裏の勇者……？」

取り巻きたちは、そんな意味深な言葉を残していった。そして男を引きずって、どこかへ去っていく。

「ふぅ……面倒なやつらだったな……」

「まあ、どこもおかしなヤツはいるものだよ」

俺たちはようやく一息ついてギルドのテーブルに腰かける。すると、奥から一人の女性が歩いてくるのが見えた。

「なんだ……？　次々と……」

女性は、ものすごくスタイルのいい、スラっとした美人だった。赤茶色のボーイッシュな短髪、目つきもするどく、威圧的な印象だ。

「あなたは……？」

「私はカナン・ルブレージュ。どうやら私のギルドで、面倒事を起こしてくれたようだね？」

カナンと名乗った女性は、そう言って俺たちを睨みつけた。

「おいおい、面倒事を起こしたのは俺たちじゃない。それに、私のギルド……？」

「そうだ、このギルドのランキングを見なかったか……？」

カナンはそう言って、ランキングボードを指さした。ランキングボードはちょうど、俺たちの座っている席からも、かろうじて確認できる距離にあった。

「カナン・ルブレージュ………！　1位、Sランク……!?」

「そうだ、私がこのギルドの1位。悪いがお前たちのようなよそ者に出す酒はない」

どうやら歓迎されていないようだな……。

それにしても、どうしてそう最初っから喧嘩腰《けんかごし》なんだろうか？

「お前たちはどこから来た？」

「ミレージュだ」

「ミレージュだと……!?　ふん、勇者アレスターの街か……。あんなひ弱な連中……。おめでたい連中だよ。そんなクソみたいな街から、なんの用だ？」

カナンは、そんなふうに俺たちのホームタウンをこき下ろした。なにもそこまで言わなくてもと思うが……。確かに、この街とはだいぶ雰囲気が違うけど……。

「ちょっと待て、ミレージュがクソだと……？」

「ああそうだ、あそこのギルドは雑魚しかいねえ。この街の冒険者に比べたら、ぬるま湯みたいなもんだ」

「へぇ……」

　さっきから、ずいぶんな言いようだ。だが、それだけ腕に自信があるのだろう。

「なあアンタ。魔界から襲撃があったことは知っているのか……？」

「なんだ……それは……？」

「そうか、知らないか……」

　どうやらカナンは、例のデロルメリアの騒動を知りもしないらしい。そのくせ、今の地位に胡坐《あぐら》をかいて俺たちのギルドを侮辱した。ミレージュの冒険者たちは、必死に戦ったというのに。

「おい、さっきの言葉、撤回してもらう」

「は…………？」

「ミレージュでは、魔界からの襲撃で、たくさんの冒険者が命を落とした。その間、この街の連中はなにをやっていたんだ……？」

「っく……！　そんなの、知るか……！」

「まあ、そういう態度をとるならそれでもいい。だが……今後、魔界からの襲撃があったときに、この街の冒険者たちの力も必要になってくる！　俺はそのために、ここに来た」

「は……！　さっきから、アンタもずいぶん偉そうだね。何様のつもりだ？　勇者様の使者だとでも言うのか？」

　カナンはそう言って、俺を威嚇した。

　俺は立ち上がって、言った。

「いや、俺がその勇者だ」

「は…………？」

カナンは俺の言葉に、驚いていた。

「俺がミレージュの勇者だ」

「…………!?　アレスターは……!?」

「彼は3位に落ちたよ。一度魔王軍に敗れてね。その前にも一度俺に敗れている」

「ふん、そうか……まあ、あの雑魚には3位がお似合いだ。ミレージュも多少はましになったんだろうね？」

本当にこの街の連中にはなにも伝わっていないんだな……。まあそれほど離れているし、仕方のないことかもしれないが。

「まあ、そういうわけで俺が勇者のロインだ。よろしく」

「あ、ああ……」

そういえば自己紹介をしていなかったと思い、カナンに握手を求める。彼女は戸惑いながらも、俺の手を握り返した。

「それでだ、俺の要求は三つだ。このギルドを使わせてほしい」

「それは無理だな」

どうやらカナンはまだ俺を警戒しているようだ。まあ、ギルドを使うということは、かなりの利権も絡んでくるからな。

俺としては、ここのギルドでしばらく素材を集めたいんだが……。

ちなみに、勝手に狩りに行くことは、禁止されている。少なくとも、その地域のギルドに許可を得なければ、他地域の冒険者はなにもできない。

「それから、ミレージュを侮辱したことを撤回してもらいたい」

「それもお断りだね。なんでアンタのような弱い男の言うことを聞かなきゃならないんだい？」

どうやらカナンの見立てでは、俺は弱い男なのだそうだ。まあ確かに、俺自身は非力だ。俺の力のほとんどは装備品の力というので間違いない。

それにしてもこのカナンという女性は、どうにも勝ち気がすぎるな。だが、その姿勢は気に入った。

「それから、アンタにも魔王軍討伐に協力してもらいたい」

「はぁ……!?　私に……？」

「そうだ、ここの1位なんだろ？　だったら、人類のために力を貸してくれ」

ミレージュ周辺で冒険者を募ろうにも、連中は一度アレスターたちがやられたことに恐れをなしているせいか、あまりいい人材が集まらないのだ。それほど、アレスターの天下は長く、影響力も大きかった。

「ふん、まあいいだろう。お前が私に勝てたらそうしてやろう」

やはりというか……カナンは俺にそう言って、決闘を申し込んできた。こちらとしても、それで解決するのなら望むところだ。

「いいね。どっちが本当の1位か、決めようじゃないか」

俺はそう言って、表に出るよう指で促した。

「ロイン……大丈夫なの!?」

クラリスが心配そうに聞く。

「ああ、俺は大丈夫だ。それに、こうしないとここの連中は納得しそうにない。力で証明しないとな……」

「そうだね……絶対に勝ってね!」

「ああ、そのつもりだ」

俺とカナンは、ギルドの前に出て剣を構えた。

「「おおおおお! 決闘だ! 決闘だ! カナンが決闘だ! 殺せ!」」

と野次馬たちが焚《た》きつける。

そういえば、アレスターのときもこうやって決闘をやったな……。

「さあ、行くぞ……!」

戦いの合図が鳴った——!

まずカナンのほうから、俺へ距離を詰めてきた。

——キン!

俺はそれを、邪剣ダークソウルで受け止める。正直、この剣の威力は規格外だ……。これでニンゲンとやり合うのは正直気が引ける。せいぜい手加減して、殺さないようにしないと……。

だがしかし、さすがは相手も1位なだけあるな。カナンの剣は刃毀《はこぼ》れこそすれど、俺の剣と打ち合っても折れないでいた。強者である証拠だ。

「ふん! 妙な剣を使っているな!」

「ああ……見た目は邪悪だが、頼もしい相棒だぞ？」

俺たちは剣を挟んでそんな会話を交わす。

邪剣ダークソウルは、禍々しく煙を放っている。そろそろ暴れたいということか――。

――キン……！

俺は剣を弾いて、カナンから距離をとる。バックステップで後ろへ。

「どうした……？　怖気《おじけ》づいたのか……？」

カナンが挑発してくる。

「いや、こうするためさ……！」

俺は地面を、思い切り斬りつけた！

――ズドン！

「おおっと……！」

ダークソウルは、地面に対してもクリティカルヒットを与えた。地割れのような切れ込みが入り、カナンへと伸びていく。カナンはわずかに、バランスを崩した。

「そこだ……！」

俺はすかさず、カナンに向かって距離を詰める！　このわずかな隙を、見逃すわけにはいかない！

――キン！

「っく……！」

地面の振動のせいで、カナンの反応が一瞬遅れた。俺の剣――ダークソウルが、カナンの剣を弾き飛ばす。カナンの剣は地面に落ちた。

「なかなかやるじゃないか……」

「そっちこそ……！」

これでカナンは武器を失った。俺は邪剣ダークソウルを手に握っている。もう誰の目にも勝ちが明らかだった。ここからカナンが巻き返す方法はない。

そう思われた――だが。

「スキル発動……！」

「なに……!?」

なんと驚いたことに、カナンはスキルを発動してきた。剣を失ってでもスキルを発動してくるとは……！

さすがランキングボード1位というだけある。しかもまだ全然勝ちを捨ててないところからも、アレスターよりは確実に格上だ。

「奪取《スティール》――！」

カナンはそう唱えた。すると……俺の手から、邪剣ダークソウルが奪われてしまう。

「なんだって……!?」

「はっはっは……なかなかいいじゃないかこの剣……！」

カナンは邪剣ダークソウルを手に持って、その握り心地を確認する。空中を素振りして、俺をあざけるように言った。

「さあて、形勢逆転だね……？　アレスターを倒したといっても、所詮はミレージュ出身の甘ちゃん勇者ってことか？」

「っく…………！」

俺は武器をカナンに奪われ、失った。

そして、俺の素のステータスはもちろん攻撃力ゼロだ。絶体絶命の大ピンチ……！

俺にはもう、なす術《すべ》がない。

「…………なんて、昔の俺なら思ってたはずだ……」

「…………？」

俺はにやりと、不敵な笑みを浮かべる。しかし、これは決してはったりではない。俺にもまだ、勝ち目がある。

「…………？　なにがおかしい！」

「いやな、俺も……強くなったなと思って」

「はっはっは！　自分の状況がわかっていないようだね？」

以前の俺なら……アレスターと決闘をしたころの俺なら、ここであきらめていただろう。だが、今の俺はもう、武器を失ったくらいでは逃げない。

「うおおお！　これで終わりだ！」

カナンが俺の邪剣ダークソウルを手に、迫りくる！

しかし俺はまったく怯《ひる》むことなく――。

「スキル発動！」

「なに!?」

そう、スキルを使えるのはカナンだけではない。俺だってスキルメイジのおかげで、スキルを使える！

「高速移動《スピードアップ》――！」

俺はスキルを使った！

そしてカナンの攻撃を簡単に避ける。

「なに……!?」

高速移動《スピードアップ》――通常の人間ではありえないほどの速さで移動することができるスキルだ。今までにもお世話になったスキルだが、こんなふうに武器を奪われたときにも役に立つとは。

「ふん！　速く動けたところで、避けるのが精一杯だろう！　次は仕留める！」

しかしカナンのほうもさほど驚かずに、冷静を保っている。

さすがは百戦錬磨なだけあるな……。

だが、俺のほうもスキルはこれだけではない。

「うおおおおお！　今度はこっちからいくぜ！」

俺は高速移動《スピードアップ》で、カナンの後ろに回り込む！

「なに……!?」

そして俺は、カナンを後ろから羽交い締めにした。だが……。

「はっ……！　そんな力じゃ、まったく痛くも痒《かゆ》くもないね！」

カナンは余裕の表情だ。それもそうだ。俺にはおよそ攻撃力と呼べるものがない。だからいくら俺がカナンの後ろをとって、羽交い締めにしようと、なんの意味もないのだ。カナンは油断して、俺を振り払おうともしない。そう、カナンがちょっと身をひねりさえすれば、簡単に俺の腕から抜けられる。そして俺がいくら力を込めようと、カナンには傷一つつかない。

　このままでは――な。

　俺は、もう一つのスキルを発動した。

「身体強化《パワーアップ》――！」

「なに……!?」

　――メキキ！

　その瞬間、俺の腕に、ものすごい力が加わる。

　まあ、身体強化をしたところで、普通の人が使う身体強化《パワーアップ》ほどではないのだが。それでも、身体《パワー》強化《アップ》を使わない相手にならば、通用する程度の力にはなる。

　俺の羽交い締めが、どんどん力を増して、カナンの体に圧力がかかる。

「ぐう……！　くそ！　放せ！」

　俺はなおも、カナンの腕に力をかけつづける。

「くそ……！　なんでこんなに急に力が……!?」

　――ググググ！

　そしてついに、カナンは手から邪剣ダークソウルを放した。

「クソ……！」

　俺はそれを見逃さず、すかさず地面に落ちたダークソウルを拾いに行く。

　――スッ。

「あ……！」

これで、状況はまた逆転した。俺の手には邪剣ダークソウル。そしてカナンは素手。しかも俺の羽交い締めによって、腕はもうしばらくまともに使えないだろうな。別に骨を折ったわけではないが、それでも武器などはもう満足に振るえない程度のダメージはある。

「さあ、これでゲームセットだ」

俺はカナンの首元に、剣を突きつける。

「っく……！　わかった……、殺せ……」

などと、訳のわからないことを口にするカナン。これは決闘だが、なにも俺はカナンを殺したくてやっているわけではない。

「は……？　殺さねえよ」

「なに……!?　これは正々堂々とした、戦士同士の戦いだ！　情けは無用だ！」

などと、なぜか勝手にカナンは熱くなっている。どうしたものか……。そんなことをしては、この世界の――いや、俺のためにならないというのに。

「だって、お前を殺したら、俺と一緒に来られないだろ……？」

「は………？」

そう、カナンには俺の下で、魔王軍と戦ってもらわなければならない。

彼女ほどの手練れであれば、きっとものすごい戦力になるだろう。それに、このギルドのこともよく知っているようだし。素材集めや、レアドロ堀りにも付き合ってもらう。彼女の協力があれば、このギルドラモンでも快適に過ごせるはずだ。

「カナン、俺はお前を必要としている……。一緒に来てほしいんだ。ちょっと付き合ってほしい」

俺は素直に、自分の想いを伝えた。

するとカナンは、さっきまでの狂暴な態度をがらりと変え……。顔を真っ赤に染めて、まるでおしとやかなお嬢様のような立ち振る舞いを見せた。

「そ、そそそそ……そこまで言うのにゃら……一緒に行ってやらんでもない……が」

「本当か……!?」

もっと抵抗されるかと思ったが……話が早くて助かる。まあ、決闘で俺が勝ったからということもあるだろう。協力してくれるというのなら、本当にありがたい。

「その代わり……ずっと一緒にいてくれないと嫌だからな……？　私は……こんなことを言われたのは初めてなんだから……！　っく……私の初めてになれることを、光栄に思えよ……！」

カナンはまた顔を赤らめつつ、俺に手を差し出した。俺はその手を取り、答える。

「ああ、カナン。俺だって、ずっと一緒だ（魔王を倒すまでは！）。それに、俺だってこんなこと（協力を仰ぐなんてこと）を言うのは初めてなんだ……！」

すると、カナンはそのまま俺に抱き付いてきた。

「ふん……ロインとやら。ふざけた男だ……！　だが、私も嫌いじゃない……。強い男は好きだ……。やっと、私より強い奴に巡り合えた」

「ああ、俺だって、カナン（の強さ）には惚《ほ》れている！　これからよろしくな！」

強く友情を確認しあう俺とカナン。男勝りな、気の強い暴れん坊かと思ったが、戦ってみればこうして友情が芽生えるものだ！

俺は、新たな街でさっそく新しい仲間と出会えたことをうれしく思っていた。

そんな俺たちを、後ろから見ていたクラリスが、ふかーいため息をついた。

「はぁ……もう、ロインったら……」

「ん………？」

「なんか二人とも、変な勘違いをしてると思うんだけど………。ま、いっか……」

クラリスがそんな意味深なことを言っていた。

まあとにかく、俺、クラリス、カナンの三人でこれから素材集めをしていくことになりそうだ！

とりあえず俺は、カナンにこの周辺のことを聞いてみた。

「どこか、珍しい素材が得られる場所はないかな……？」

「珍しい素材か……そうだな……」

といっても、こっちはミレージュ基準での珍しいものを探している。カナンからすれば、ギルドラモン周辺のことは普通のことだから、なにが珍しいかもわからないのだろう。もっと具体的に言わないとだめか。

「情報屋とかでもいいんだ。なにか知ってたら話してくれないか……？」

「うーん、といってもなぁ……私たちは特別なにかしているわけではないからなぁ……」

そういえば、ギルドラモンの冒険者はみんな、それほど特別な装備をしているわけではなさそうだ。装備のクオリティでいえば、むしろミレージュの職人のほうが優秀だ。それなのに、どうしてここギルドラモンには猛者が多いのだろうか。

「なあ、カナン。ここの冒険者たちが強いのには、なにか訳があるんじゃないか？」

もしかしたらそこに、なにか新素材への手がかりがあるかもしれない。

「え？　ああ、まあ……もしかしたら【ステータスの種】のせいかもしれないなぁ」

カナンのその言葉に、俺は耳を疑った。

「ちょ、ちょっと待ってくれ……！　す、ステータスの種だって……!?」

「ああ、かなりのレアドロップアイテムなんだけど、たまに手に入るんだよ。本当にたまにだけどね……。だから、お金のある上級冒険者ほど、素のステータス自体が多少高いってのはあるかも……。まあ、それは微々たるものだから、あんまり関係ないかも……」

そうか……。しかし、ステータスの種のおかげで素のステータスが高いという説はなんとなくうなずけるな。まあ、レアドロップアイテムということだから、そこまで大きな違いはないのかもしれない。

だが、この土地に限ってそんなアイテムが存在するのだとしたら……。

一人の冒険者が生涯で得られるステータスの種は微々たるものだとしても……それが何世代にもわたって、食べられ続けてきたら……？

そして、それが後世に受け継がれて、その土地の人全体に影響を及ぼしているのだとしたら……？

案外その説は、間違っていないんじゃないか……!?

「カナン！　今すぐそのステータスの種が得られる場所へ案内してくれ！」

「えぇ……!?　で、でも……かなりのレアドロップアイテムだし、そんなとろうと思ってとれるものじゃないぞ……!?」

まあ、カナンがそう言うのも無理はないな。だが、俺は確信していた。俺が行けば、いくらでもそのステータスの種を手に入れることができる……！

「ロイン……これって……！」

「ああ、そうだクラリス……！　これはとんでもないチャンスだ……！」

俺とクラリスは顔を見合わせて喜び合った。カナンはなんのことだかという表情を浮かべている。これは種明かしが楽しみだ……ステータスの種だけに……。

「さあ行こうカナン！」

「え。ああ……わ、わかったよ……、よっぽど運に自信があるんだな……？」

自信なんてもんじゃない。俺は単に運がいいわけじゃなく、文字通り【確定】なんだから。運が悪くてもなんでも、必ずレアドロップアイテムを手に入れられる。ステータスの種だって、その能力の範疇《はんちゅう》なはずだ。

「えーっと、じゃあ……このクエストでいいか」

カナンはクエストボードから、一枚のクエストを選んだ。

【人食い植物《デスフラワー》の討伐・駆除】

なるほど……人食い植物《デスフラワー》か……。恐ろしい名前だ。ミレージュの周辺には存在しないモンスターで、聞いたこともない。

「えーっと、場所は……死の森……」

ダンジョン名も恐ろしい……。
だが、俺にはそこが宝の宝庫に見えていた――。

4　ステータス

俺、カナン、クラリスの三人は、ギルドラモン近郊にある死者の森へやってきた。目的は人食い植物《デスフラワー》の討伐だ。やつらがごく稀《まれ》に落とすレアドロップアイテム——ステータスの種——それを目当てにやってきた。

「それにしても……無茶だと思うけど……。私だって百回に一回出れば、いいほうだ。ほとんどの連中が、冒険者人生で五十回もお目にかかれないんじゃないか？」

とカナンが言う。しかし、俺とクラリスは余裕の表情だ。

「まあまあ、とりあえずそのモンスターを倒そうぜ。問題はそれからだ」

「…………？　あ、ああ……。なーんか、ロインもクラリスも……やけに自信ありげなんだよなぁ」

カナンは釈然としない感じで歩いていた。今からネタばらしが楽しみだ。ステータスの種が大量に手に入れば、きっとカナンも大喜びするぞ……！

「…………っ」

急にカナンが立ち止まり——ッス——っと、手で俺たちを制止する。音を立ててはいけないらしい。

「ヤツだ……」

森の奥から、巨大な植物が顔を出す。あれで本人は植物のつもりらしいが、どう見ても人を食いそうな見た目だ。腕によほど自信のあるやつじゃないと、まず近づこうとも思わないだろう。

「ギュルルル…………」

人食い植物《デスフラワー》は、そんな音を喉《のど》で鳴らしながら、よだれをだらだら垂らしている。今にも、俺たちを食べたいという感じだ。

「アレ……どうやって倒すんだ……!?」

「まあ、見ていろ」

カナンはまず見本を見せると言って、一人前に出た。

――ッサ。

そして、何食わぬ顔で人食い植物《デスフラワー》を横切ろうとする。

「おいおい……大丈夫か……？」

まるで、人食い植物《デスフラワー》がモンスターであるということに、気づいていないかのように、無視して歩くカナン。これは、人食い植物《デスフラワー》を油断させるためなのだろうか。

ついに人食い植物《デスフラワー》の口元に、カナンが差し掛かった瞬間。人食い植物《デスフラワー》は大口を開けて、カナンへと襲い掛かった。

植物に擬態することをやめ、完全に生き物然とした大口を開けて、食らいつく――！

「グアアアアアア!! !!」

「そこだ……………！」

それを待っていましたと言わんばかりに、カナンはその大口めがけて、剣を突っ込んだ。

――ズシャァアアアア！

「おお…………！」

カナンの剣は、人食い植物《デスフラワー》の喉から、首の裏――まあやつらの首を首と言っていいかはわからないが――まで貫通していた。

血が、噴き出す。いや……血というか、植物の液……？

わからない。

――ドシャアアアアアアア!!　!!

そして得意げな顔で、引き返してくるカナン。

「ふっふーん。あいつらは、外皮は硬い植物で覆われているが、口の中は無防備なんだよ」

と説明する。

人食い植物《デスフラワー》を見ると、血はドバドバと噴き出ているものの、まだかろうじて息がある様子。枝のような触手を、ぴくぴく動かして、なんとか血を止めようともがいている。

「えい……！」

――ズシャア!!　!!

俺は人食い植物《デスフラワー》に、とどめを刺した。すると、すぐにステータスの種がドロップした。

「おお…………！　これがステータスの種か……！」

「えええええええええええ!?　!?　!?　!?」

その様子に、カナンは度肝を抜かした。まあ、そりゃあそうだろうな。特級レアアイテムが、一発でドロップするなんて。

「どどっどおどっどどどど、どういうこと…………!!　?!　?!　?!」

「ああ、俺……そういう体質なんだ」

「…………？？？？」

なおも信じられないという顔のカナン。

クラリスも、それを見て面白がっている。

「あはは！　まあ、慣れるしかないよ。これがロインだから」

「うぅ……とんでもない男だな。本当にお前は……」

なんだかカナンに呆《あき》れられてしまう。俺はそんなに、変なことをやっているだろうか。

「よし、それじゃあさっそく、このステータスの種とやらを見てみよう」

俺は、手に握っているその種を確認した。

《攻撃アップの種》
レア度　★8
ドロップ率　0．001％
説明　食べると攻撃力＋10。

俺は、手に持ったこぶし大のその種を、まじまじと見つめる。

「これは…………攻撃力の種……？」

「ああ、そうだ。ステータスの種には、いくつか種類があって……これはそのうちの一つだな」

カナンがそう答える。

「それにしても……とんでもない能力だなロイン。私もいろんな強い冒険者を見てきたけど、こんなのは初めてだ……」

カナンがなかば呆れつつ、俺にそう言った。

「まあな。でも、これでわかっただろ？　俺たちが人食い植物《デスフラワー》を倒しまくれば……最強になれるって……！」

そう、ここででき得る限り人食い植物《デスフラワー》を討伐したい。俺たち三人の能力を底上げすることは、きっとこれからの魔王軍との戦いでも役に立つはずだ。

「そうだな。私も……なんだかワクワクしてきたよ！　まさかこれ以上強くなれるなんて……！」

カナンは、ギルドラモン冒険者ギルドの1位として、長年そこに君臨してきた。そして、自他ともに最強だと思ってきたらしい。だけど強さに対する思いは、強くなるばかりだったという。

そこに俺が現れた。

「私、今ロインに出会えて本当によかったと思っているよ」

「え……？」

カナンが真剣な顔つきでそう言う。

「私より強い男に出会えた。それに、ロインと一緒にいれば……この先もまだまだ強くなれそうな気がする……！」

「カナン……」

「それに、その魔王軍ってのはかなり強いんだろ？」

「ああ、それはもう……」

俺からしても、カナンの度胸はすごいと思う。魔王軍という強敵の話を聞いて、これだけ目を輝かせられるんだから……。仲間としては、本当に頼もしい限りだ。

そうやって俺たちが見つめ合っていると……後ろから、クラリスが半分怒り口調で、割り込んできた。

「えー……あの、おほん。お二人さん……？　私もいるんですけど……？」

「あ、ああ……すまんすまん」

ついつい、カナンに見とれてしまっていた。やはりお互いにギルドの1位同士というのもあるし……それに、一度こぶしを交えた仲だ。雨降って地固まるというか……なんというか、次第に俺はカナンに惹《ひ》かれ始めていた。うーん、サリナさんにも紹介しないとなぁ。

「で、クラリス。なんだって？」

「んもう！　早くこのステータスの種、使ってみようよ！」

「ん、ああ……そうだな！　さっそく使ってみよう。で、誰が食う？」

「それは……もちろんロインじゃないの？　攻撃力の種だし……」

「まあ、そうだよな。じゃあ、ありがたく……お先」

俺は意を決して、種を口に含んだ。見たこともない見た目で、少し噛《か》むのを躊躇《ちゅうちょ》してしまう。しかも、あの人食い植物《デスフラワー》から出てきたものだ。

――ガブリ。

意を決して歯を立ててみたけど……味は、……なんだろう。最初に渋みがあるが、その後で甘じょっぱさがじわっと口に広がる。

「ど、どう……？」

「ん、そうだな……。おいしい……かな……？」

クラリスが心配そうに俺を見る。

「………って、そうじゃなくて……！　ステータスのほうだよ！」

「ん、ああ……」

俺はその辺にいるモンスターを、適当に探す。

そうだな――。

――【ハニービー】という、下級モンスターを視界に捉える。

ハニービーは蜂《はち》型のモンスターで、手のひら大の大きさの虫だ。

「よし、アイツで試してみよう」

俺はハニービーの元まで歩いていって――。

「えい……！」

素手でそいつの体をぶん殴る。

――ドカ！

「ブーン！　ブーン！」

打撃を食らって、ハニービーは明らかにこちらに敵意を向けてきた！

「お！　怒ったぞ！」

以前の俺だったら、攻撃力ゼロなせいで、こうやって殴っても、なんの反応も得られなかった。

たった10とはいえ、攻撃力があるということは、こういうことなのだ。

「すごい……！　俺でも素手で戦えた……！」

しかも、なんのスキルも使っていない。正真正銘、俺の肉体だけでの攻撃だ。

「…………って、ロイン！　危ない……！」

「へ…………？」

どうやら浮かれていて、気づかなかったが。ハニービーは俺に怒り、こちらを攻撃しようとしている。まあ、当然っちゃ当然だ。いくら攻撃力10のパンチだとしても、向こうからすれば立派な敵対行動だ。

「っく…………！」

あれに刺されると痛そうだ。だが、攻撃の練習台にしてしまったのだから、それは俺が悪い。このくらいの攻撃であれば、甘んじて受け入れよう。

俺はそう覚悟を決める。

「ビー！　ビー！」

そう抗議の声をあげながら、ハニービーは俺に向かってきた！

針が、俺に刺さる――――！

そう思ったが……。

――キュイン！

そこで俺の《勇者の指輪》が反応した。

「あ…………」

なんとも気の毒なことだが。

《勇者の指輪》から、またいつものように赤い光線が発射される。

——ビィイイイイ!!!!

そして、ハニービーの体は、俺に到達するまえに、真っ黒に焼け焦げてしまった。

「あらら……」

まあ、おかげで俺は刺されずに済んだわけだが。

「ふぅ……もうロイン、危なっかしいんだから……」

「はは、クラリス。ごめんごめん」

こうして、俺は長年のコンプレックスを解消した。俺にはもう、攻撃力がある。もう誰にも、スライムすら倒せない無能なんて言わせない。今の俺には、素手でスライムくらい倒せる力がある。

「うおおおおおおおお！」

「わ……！　びっくりした！」

「この調子で、どんどんステータスの種を集めるぞーーー!!!!」

「うん……！」

ロイン・キャンベラス（装備）
17歳　男
攻撃力　0010（＋4500）

◇◇◇

最初にカナン一人で人食い植物《デスフラワー》を倒したときのようなやり方だと、時間がかかってしまう。そこで、俺たちは連携技で倒すことを考えた。

「くらええええええ!!　!!」

まずは、カナンが先陣を切って、人食い植物《デスフラワー》に襲い掛かる！

カナンの持ち前の素早さを活かして、ヒットアンドアウェイが成功する！

「キュオオオオオン!!　!!」

――ズシャア!!　!!

しかし、人食い植物《デスフラワー》の外皮は非常に硬く……。いかにカナンの攻撃が優れているといっても、それだけでは全然決定打にならない。それどころか、人食い植物《デスフラワー》は攻撃力でもかなり凶悪なモンスターだ。そのツルに捕まれば、簡単に食い殺されてしまう……！

そこで、クラリスの出番だ。

「カナン……！　下がって、チェンジ！　さあ人食い植物《デスフラワー》、こっちだよ！　挑発《アピール》――！」

クラリスが盾を持って前へ出る。

カナンを押し出すような形で、人食い植物《デスフラワー》に立ちふさがる！

「キュオオオオン!!　!!」

——バキ！！！　ドシャ!!!!

人食い植物《デスフラワー》の強靭《きょうじん》なツル攻撃が、クラリスの盾に容赦なく叩《たた》きつけられる!!!!

しかし、クラリスの大鬼《オーガ》の盾はびくともしない。それどころか、クラリスはその間に盾火砲《シールドビーム》を蓄えていた！

「キュオ！！？」

「食らえ!!!!」

——キュィイイイン!!!!

クラリスの盾から、ビームが照射される！

先にカナンが傷をつけていた部分から、人食い植物《デスフラワー》の外皮が剥《は》がれ始める……！

——バキバキバキ!!!!

——ベリリリリィ!!!!

「ロイン、今だよ……！」

そこに俺が、クラリスの盾の後ろから飛び出していく……！

「うおおおおお!!!!」

——グシャア!!!!

人食い植物《デスフラワー》の剥がれかけた外皮に、俺は剣をぶっ刺した！

そして抉《えぐ》るようにして、剣をさらにねじ込む。

「雷撃剣《サンダーソード》——！」

——ビリリリリィ!!!!

「キュオオオオオオオオオオン!! !!」

傷口から電流を流され、人食い植物《デスフラワー》は地面に倒れた。

「よし！　この調子でどんどんいこう！」

俺たち三人が力を合わせると、こうも相性がいいとは……！

この方法で、俺たちは次々にモンスターを倒していった。当然、人食い植物《デスフラワー》以外のモンスターとも遭遇することがある。そのため、目標であった珍しい素材のほうも、自然と集まっていった。

「ふぅ……………こんなもんかなぁ」

「そうだね、もう日が暮れそうだし……」

夕方になってきて、死の森にも夜が訪れようとしていた。さすがに暗い中、深い森の中で過ごすのは危険だ。

「じゃあいったん、帰ろうか……」

俺は転移で、城まで帰還しようとする。しかし、クラリスがそれを制止した。

「え、ちょっとロイン……もしかして家に帰ろうとしてる……？」

「は……？　もちろんそうだけど……ダメなのか……？」

だって、転移《テレポート》を使えば一瞬で帰れるのだ。商業の件だって、サリナさんたちに任せっきりだし、領地の様子も確認しておきたい。まあ、長距離の転移《テレポート》にはかなりの集中力と体力を使うんだけどさ……。

「せっかくここまで来たんだから、ここはギルドラモンで宿をとろうよ」

「ええ……？　どうしてだ……？」

「もうロイン！　知らない街に来て、知らない街の知らない宿に泊まるのが醍醐味《だいごみ》ってものでしょ？　なんでも転移《テレポート》で帰ってたら、味気ないよ……。それに、観光だってしたいし……お土産も……」

「ああ……そういうものか……。わかった、じゃあカナン、どこかいい店を知っているか……？」

まあ、クラリスの意見にも一理あるからな。たまには、こういう外泊もいいだろう。それに、地元の酒場なんかでまた新しく仲間を得られるかもしれない。強い人材は、常に探し続けたいものだ。

カナンなら、その辺もなにか伝手《つて》があるかもしれない。

「うーん、そうだなぁ。私がよく行く店なら紹介できるぞ！　それに、宿も……まあ、知らないでもない」

「そうか、じゃあそこに行こう」

俺たちは、三人でギルドラモンへ転移した。

ステータスの種の分配は、ホテルに着いてからだな……。

◇◇◇

「さあ、ここが私の行きつけの店だ。じゃんじゃん飲んでくれ……！」

俺はカナンの案内で、街の大衆酒場にやってきた。ギルドラモンの冒険者ギルドと同じく、ガラの悪そうな連中でごった返していた。しかし、先ほどとは全然周りの反応が違っていた。

なにせ、俺の横にはカナンがいるのだ。

「ふっふーん、ロインに私の街を紹介できてうれしいぞ！」

カナンは上機嫌で、俺に腕を絡ませている。それに対抗して、クラリスも反対側の腕を占領している。

客からの視線が、一気に俺に浴びせられる。中には視線で俺を殺せそうな者もいたが、不思議と敵意は感じられない。やはり、カナンと一緒だからだろうか……。ランキング1位のカナン、その知名度は街中に轟《とどろ》くほどだろうからな。

「お、おい……！　カナンが男連れてきやがった……！　ど、どういうことなんだ……!?」

店のマスター的なスキンヘッドの強面親父《こわもておやじ》が、驚きの声を漏らし、カウンターから身を乗り出した。そのせいで、手に持っていた肉から汁が、他の客の皿に入ってしまう。「おいオヤジ！」と抗議の声があがるが、親父はもう、それどころではなかった。

「なんだよ！　私だって女なんだぞ！　男くらい、連れてきてもいいだろ！」

と、カナンは強面の親父に言い返す。その発言に、酒場中がざわつき始めた。

「お、おい……カナンが女だってよ……。あれだけ女扱いされるのを嫌がっていたカナンが……!?」

「いつも男に交じって酒を飲み比べしていたあいつが……!?」

「どういうことだ……!?　カナンは自分より弱い男には興味がねえんじゃなかったのか……!?」

「くそ……！　俺、密《ひそ》かにカナンのこと狙っていたのに……！」

などと、みなそれぞれに勝手なことを言い始める。

ここは、俺も自己紹介をしておいたほうがいいかな。

「あー、みなさんどうも……ロインです……」

ぺこり、と頭を下げる。すると——。

「おいおい！　兄ちゃんどんな手を使ったんだよ！」

「そうだよ！　教えてくれ！　あの鉄壁のカナンを落とした裏技をよ！」

「こんなひょろい兄ちゃんが、カナンを倒したってのか……!?」

「さあさあ、どんどん飲んでくれ！　俺がおごるぜ……！」

と、大柄の男たちに囲まれてしまった。

これは……なかなか解放してもらえそうにないな。

が、しかし、カナンが怒り出して、大声をあげた。

「ちょおおおっと!!!!　みんな、ロインは私の客だよ！　ロインは私と飲むんだから！　放してよね！」

「ちょ、ちょっと……」

俺はカナンに手を引かれ、店の端に空いていたテーブルへ。クラリスとカナンが、俺の横に座る。

いや、対面、空いてるのに……ま、いっか。

「じゃ、じゃあ……俺もなにか頼もうかな」

店の人に、手を挙げて合図する。

「そういえば、ロインってお酒飲めたの……？」

とクラリス。

「あーまあ、あんまりだけど……せっかくだから」

「じゃあ、私もいただいちゃおう……！」

俺はこのときはまだ知らなかった……。

クラリスとカナンが酔っぱらうと……あんなことになるなんて――！

◇◇◇

「うぇぇぇぇぇぇぇんロインんん‼‼　私のお肉カナンが食べたぁ……！」

「あーはいはい、また買ってあげるから……！」

はぁ……まさかクラリスがお酒を飲むと、ここまで豹変《ひょうへん》するなんて思わなかった。まるで小さい子供のようにわがままだ。しかも、めっちゃ泣くし、俺に縋《すが》りついてきて、重い……。

一方で、カナンもカナンだ。

「おいロイン……！　もっと飲め！　もっと食え！　はっはっは！　それでも私の男か……！」

「い、いや……俺はもういっぱい……あぷ……！」

断っているのに、無理やり肉を口に突っ込んできやがる……！　まじでもう、こいつらにはお酒飲ませちゃダメだ……！

「ロイン！　全然酔っぱらってないな……⁉　もっと飲まないと……！」

「いや、俺が酔ったらもう収拾つかないから……って、おいやめろ馬鹿……うっぷ」

カナンは突然、俺にキスしたかと思えば、口の中に酒を流し込んできやがった。このやろう……無理やり飲ませてきやがった……！

うう……なんだか俺も酔ってきた。このままだとまずいぞ。さっさと切り上げて、ホテルに行かないと……。

「おい、二人とも、もう行くぞ……！」

俺は二人を引きずって、店を出た。

「じゃあ、転移《テレポート》っと……！」

ホテルに向かって転移する。部屋はもう、先に予約済だ。

「ふぅ……どうしようかな、コレ……」

酔ってぐったりとしたカナンとクラリス。とりあえず、カナンとは別の部屋じゃないとマズイよな……？　だから二部屋とったんだけど、そのまま二人を寝かせるのは心配だなぁ。一応しばらく見ておくか……。

俺は二つ並んだベッドに、カナンとクラリスをそれぞれ寝かせ、その横に腰かけて、見守ることにした。まあ、俺は座ったままでいいや。この街は、なにかと物騒だからな……酔っぱらって眠っている女性を、そのまま置いておくことなどできない。

「あれ……？　ロイン、ここは……？」

「あ、クラリス……起きたのか」

しばらくして、クラリスが目を覚ます。どうやら酔いが覚めるのは早い体質らしい。さっきのアレはなんだったんだ……まったく……。まあ、クラリスの意外な一面を知れて、俺としてはうれしくもあるが。

「え……もしかしてロイン……ずっと私たちを見ててくれたの……？」

「ま、まあな……。だって、この街って危ないだろ……？　俺が寝てしまうと、心配でさ……」

「ありがと、ロイン。ほんとロインって、そういうところ優しいよね……」

「そうか……？　普通だと思うが……」

　俺とクラリスが、月夜の下、ベッドに腰かけそんな話をしていると——後ろから、二人の首に手を回してくるやつが——。

「にぇえにぇえお二人さん……？　なぁにを話してんの……？」

「カナン……!?」

　振り返ると、カナンは上着をなにも着ていなかった。その上、俺たちの背中に抱き付いて、体を押し付けてきている……！　俺の背中に、カナンの無防備なふくらみが当たっている……！

「お、おいカナン……!?　まだ酔ってるのか……!?」

「ねえロイン……まだまだ夜はこれからにゃあ」

「なんだその口調……!?」

　こいつ……！　悪酔いしてやがる……！

「ロイン……！　私のものになるにゃあ……！」

「うわぁ……！　や、やめろ……！」

　俺はカナンに、押し倒されてしまう。当然、装備をしていない状況じゃあ、まだまだ俺のほうが非力だからな……。くそ……こんなことなら先にステータスの種をもっと食べておけば……！　このままじゃ、カナンになにされるかわからない……！

　もしかして、カナンって、俺のこと……。いやいや……そんなはずは……。

でも、さっきも「私の男」とか言ってたな……？

ま、まさかな……！

「にゃあああ！」

「お、おいカナン……！　それはさすがにまずいって！」

まだ俺は、カナンと正式に気持ちを確かめ合ったわけではない。カナンのほうも、酔っていて気がおかしくなっているのかもしれない。

「おいクラリス！　見てないで助けてくれ……！」

「だめだにゃあ。ロイン、おとなしくするにゃあ！」

と、クラリスも俺を押さえつけてきた。こいつ……。

「お、おい……！　お前は酔ってないだろ……！　ふざけるな……！」

どうやら、俺はこの後、大変な目に遭ってしまうようだった……。

まだまだ、装備をしていないと俺は無防備だ……！

◇◇◇

翌朝、俺たちは同じベッドの上で目覚めた。俺を中心にして、右にカナン、左にクラリスだ。まさに、両手に花というやつだな……。

それにしても、昨日は俺もかなり酔っていた……頭が痛い。

「おい。二人とも、起きるんだ……！」

「ううん…………」

クラリスはまだ寝ぼけている。

しかし、カナンはとんとんと叩くと、すぐに目覚めた。だが、カナンは俺の顔を見るやいなや……シーツをくるんと丸めて、それにうずくまってしまった。

「おーい……どうしたんだ……？」

「う、うるしゃい！」

あ、噛んだ……。

カナンって意外と、こういうかわいいところがあるよなあ。普段は気が強くて荒っぽいくせに……。

「なにをそんなに照れているんだ……？」

「あ、当たり前だろ……！　昨日はその……あ、あんなことがあったから……」

「ああ……まあ、気にするなよ。なにも変なことはなかったぜ……？」

「そ、そうか……？　私、大丈夫だったかにゃ……？」

「うん。カナンのことをもっとよく知れて、うれしかった。カナンがこんなにかわいいってことを……って、うわぁ……！」

「ロイン♪　ロイン♪　にゃあ」

カナンは俺に飛びついてきた……。酔うと猫っぽくなるやつだけど……普段も甘えるとこんなに猫っぽいのか……。まったく、ギャップのすごいヤツだ……。

でも、俺の前でそれだけ素の姿をさらしてくれるようになったのは、うれしい。

「さあ、じゃあ昨日のステータスの種を分配するか」

　俺は、クラリスを叩き起こした。

【アイテムボックス】
攻撃の種×45
防御の種×37
魔力の種×48
知能の種×27
敏捷《びんしょう》の種×36
魅力の種×48
運の種×73

　さて、俺たちはこのステータスの種を、効率的に分ける必要がある。もっと人食い植物《デスフラワー》を乱獲してもいいが、それはいろいろとバランスの崩壊が心配だ……。

　また魔王軍との戦いで必要になったら、そのときに集めに来よう。

「じゃあとりあえず、攻撃の種は全部ロインだね」

「え……？　俺でいいのか……？」

俺以外にも、カナンだって、クラリスだって、攻撃力は必要なはずだ。

「私は、盾だからいらないかな……。シールドバッシュとか、盾を使った攻撃は、防御力のほうがダメージに加算される仕組みみたいだから……」

「そうなのか……」

とクラリスは遠慮した。

カナンのほうも、

「私は、敏捷の種をもらえればそれでいいかな。素の攻撃力には自信がある。それに、これは全部ロインが集めたものだしな……。だから、これはロインに。私は、素早さで相手をかく乱したりすることに専念するよ……！」

「そ、そうか……悪いな」

とのことで、攻撃の種は全部俺がいただくことになった。といっても、これ全部食べられるかな？

「じゃあ、防御力の種はクラリスだな。敵の攻撃は、全部クラリスが受けてくれるんだろう？」

「うん、任せて！　あ、でも……念のため、カナンとロインも食べてね……？　その、もし敵の攻撃を受けたときが、心配だから……」

「お、そうだな。わかったよ」

まあ、俺はそうそう死なないけどな。勇者の加護もあるし、防具も一級品だ。

「じゃあ、敏捷の種はカナンに多めに分けて……っと」

「そうしてくれると、助かる」

俺とクラリスは、すでに高速移動《スピードアップ》のスキルを使いこなしている。だからまあ、素早さは低くても問題ない。

「魅力の種はどうしようか……？」

「そうだなぁ……それは均等でいいんじゃないか……？」

「ロイン、私たちがさらに魅力的になっても耐えられるのかな……？」

「はっ！　お前たちはすでにカンスト級に魅力的だから、大丈夫だ！」

「…………」

俺がそう言うと、クラリスもカナンも顔を赤らめて、顔を見合わせた。

アレ……？

俺、そんなに変なことを言ったか……？

さっきまでベッドの上で一緒だったんだから、このくらい普通だろう？

「も、もう……ロインったら……。急にそういうこと言うんだから……ずるい……！」

「へ……？」

「そ、そうだぞ！　ロイン、私を褒めたって、なにもないんだからな……！」

「そ、そうか……」

なんだか、無駄に二人を照れさせてしまったようだ。だが、俺は本心を言ったまでのこと。それに、照れている二人もかわいい。

これからは隙を見て褒めていこうかな。

「じゃあ、運の種はどうする……？」

「それは、私たち二人で食べるね」

「え……？」

「だって、ロインに運っていらなくない……？　どのみちレアアイテムしか出ないんだし……」

「ああ、まあ……そうだな」

確かに、クラリスの言うことは一理あるな。俺が倒せば、俺の運に関わらず……敵はレアドロップアイテムを落とす……そのはずだ。

だが、本当にそうなのか……？

俺は、自分の運がどのように働いているのか、いまいち検証しきれていない。そう考えていると――。

「ちょっと待ってくれ。もしかしたら、そうとは言いきれないかもしれないぞ……？」

「カナン、どういうことだ……？」

「もしかしたら、ロインの運がさらに上がれば……さらに奇跡的な確率を引き当てることができるかもしれない……！　そうじゃなくても、【確定レアドロ体質】になにか変化があるかもしれないだろう……？」

「まあ、確かに……」

そう、カナンの言うこともありえない話ではない。だって、まだ試したことないもんな……。

俺の運がさらに上がったとき、いったいどうなってしまうんだ……!?

「じゃあ、運もロインに全振り決定ね！」

「お、おう……すまんな。俺ばっかり」

「なに言ってんの！　全部ロインの手柄なんだから！　それに、私たちのリーダーはロインでしょ？」

「そうか。ありがとう」

あらためて、リーダーと言われるとなんか照れるな……。まあ、それはつまり、俺がもっとしっかりしなきゃいけないってことなんだろうが。

「問題は……魔力の種と、知能の種だな」

「そうだね……これは、まだまだ未知のものだね」

魔力と知能。俺たちが今まで、あまり意識してこなかったステータスだ。

なぜか。この二つは、魔法の威力や精度に関係する。しかし、今までは魔法なんかに縁はなかった……。普通の人間には、あまり魔力なんてものは宿ってはいないからな。

「ねえ、これ食べたら……本当に魔法とか使えるようになるのかな……？　私たちでも」

「まあ、そうだろうな。魔力さえあれば、魔法は使えるはずだ……」

しかしそのためには、またスキルメイジのようなモンスターを倒す必要がある。魔力はあっても、その魔法スキルがないからな。またスキルブックを集めて、使いたい魔法が出るまで粘らなければならない。

「っていうか、ロインって魔力あるんじゃなかった……？」

「え……？　そんなはずは……あ！」

そういえば、邪剣ダークソウル。こいつには攻撃力だけではなく、魔力のステータス上昇もあったんだっけ。今まで魔力なんて意識すらしていなかったから、完全に見落としていた。

まあ、そうでなくとも、魔法なんて全然未知のものだから、そうそう挑戦しようという気にはならないんだけど……。

「まあせっかくだから、この際だ。俺たちも魔法を使えるようになってみようか！」

「そうねぇ。だったら、これは三等分ってことでいいかしら……？」

「だな、それでいいか……？　カナン」

「ああ、私もそれでいい。魔法っていうのも、一度くらいは使ってみたいものだからな！」

ということで、分配はそのようになった。

以下に、俺たちのステータスの種使用後のステータスを書いておく。

ロイン・キャンベラス（装備）
17歳　男
攻撃力　０４６０（＋４５００）
防御力　００７１（＋８００）
魔力　０１６０（＋１５０）
知能　０２１０
敏捷　００７５

魅力　0385
運　1729

クラリス・キャンディラス（装備）
17歳　女
攻撃力　0120（+180）
防御力　0270（+2800）
魔力　0160
知能　0195
敏捷　0053
魅力　0796
運　0132

カナン・ルブレージュ（装備）
18歳　女
攻撃力　0345（+750）
防御力　0121（+340）
魔力　0160
知能　0110
敏捷　0785
魅力　0923
運　0112

「はは……！　まさか俺が、武器なしでもこれだけ強くなれるなんてな……！」

「私もだよ！　ずっと悩みだった、防御力ゼロが……！」

これで、俺たちに欠点はなくなった……！

今まで補い合ってきたけど、これからはもっと息の合った連携ができそうだ……！

「じゃあ、次は魔法を使うために、スキルブックを集めに行かないとな……！」

「そうだね……でも、また死の火山に行くの……？」

「うーんそうだなぁ……カナン、この辺で、なにかスキルブックを手に入れられそうな場所はないか……？」

　ダメ元で、聞いてみる。まあカナンは1位なだけあって、人気者で、事情通だから、知っていてもおかしくはない。

「そうだなぁ。その、さっき言ってたスキルメイジっていうモンスターとは違うけど。似たようなのなら、出る場所を知っている」

「本当か……！　だったら、すぐにそこに行こう……！」

「うーん、でもなぁ……」

「どうしたんだ……？」

「場所が、場所なんだよ……」

　カナンは意味深なことを言い出した。どういうことだろうか……。まさか高い高い山の上とか……？　もしそうだとしても、俺の転移《テレポート》ですぐに行けるけどなぁ。

「その場所は、こう呼ばれている……」

「「ゴクリ……」」

　俺とクラリスは、唾を飲んで、次の言葉を待った。

「帰らずの穴」

「かえらずの……あな……!?」

　それは、深さ五千m《ミルボン》にもなる縦穴のダンジョンらしい。

　足を踏み外せば、一巻の終わり……。

「ま、まあ……行ってみるしかないな……もしダメそうなら、そのときはそのときだ」

「そうだね……！　ロインの転移《テレポート》があれば、大丈夫……なはず！」

そう言ったクラリスは、少し震《ふる》えていた。

もしかして、高いところが怖いのかな……？

だとしたら、俺が護ってやらないとな……！

5　魔法スキル

俺たち三人は帰らずの穴へとやってきた。ダンジョン近くの地点へ転移《テレポート》すれば一発だ。しかし、こうして上から見ているだけでも、足がすくんでくる……。

「これ、落ちたら確実に死ねるな……」

「ねえロイン、手を離さないでよ……？」

「ああ、わかってる」

やはり、クラリスは高いところが苦手みたいだな。

縦穴はらせん状に下りるための道が、崖のようについていた。その中腹あたりに、いくつか広い足場のようなものが付いていたりする感じだ。それが何階層にもなっていて、まさに帰らずの穴という感じだ。一度入れば、登ってくるのにかなりの時間を要するだろう。

まあ、俺は転移《テレポート》で一発だけど……。

「じゃあ、転移を使って下りていくか……」

不安定な足場を、少しずつ下っていくのは危険だし、面倒だ。ここは転移《テレポート》である程度まで下がってしまおう。

「でも、大丈夫かな……？　足場のないところに転移《テレポート》してしまったりしないかな？」

「そこは大丈夫だ。俺に任せろ！」

目で見える範囲になら、確実に位置のずれなく転移《テレポート》する自信がある。だから、転移《テレポート》を何回も繰り返しながら、少しずつ下りていけばいい。

「カナン、その目的のモンスターは、だいたいどのあたりにいるんだ……？」

「そうだね……千ｍは下らないとだめかな……」

俺はカナンの案内に従いながら、穴を下りていった。

「それにしても、カナンはよくそんなことを知っていたな。前に来たときはどうだったんだ……？」

「え……？　私、ここには来たことがないけど……」

「は……？」

「ただ、酒場で聞いたことがあるだけだぞ……？　だって、こんなところ来る用事もなかったし……」

「おいおい……そんな不確かな情報で、こんな危険なところにいるのかよ……俺たち」

「はは……まあ、大丈夫だ」

「なにがだ……!?」

まったく、カナンの思い切りのよさには呆れてしまう……。と同時に、少し頼もしくもあるかな。

俺にはないような部分だ。そういう思い切りも、時には必要だったりする。

そんな話をしながら、転移を繰り返し……もう五百ｍくらいは下りてきたかなというところで――。

「ねえロイン、あれは何……!?」

「え………!?」

突然、俺たちの真上に影が差した。

――プオオオオオン!!!!

そんな汽笛のような音が、頭上から轟く。

俺は、上を見上げた。

すると……。

「巨大な……クジラ……!?」

空飛ぶクジラが、そこにはいた。

クジラという生物は、普段は海や砂漠なんかに生息しているらしい。俺も、本や絵で見たことがあるから、その姿かたちについては知っていた。

しかし、こんな大穴の中に、空飛ぶクジラがいたなんて……聞いたことがない……！

「ねえロイン……どうする……!?」

「そんなの、決まってる――――討ち落とす!!　!!」

そして、レアドロップアイテムをゲットする……！

だって、こんな未知の生物から、どんなアイテムが手に入るのか、気になって仕方がない。未知の生物は、きっと未知のアイテムを落とすはず！

そうだろ……？

「えぇ……ロイン……大丈夫なの……!?」

「まあ、大丈夫大丈夫大丈夫！　クラリスとカナンは、ここで待っていてくれ。危険だから、俺だけで行ってくる」

「あ、ちょっと……！」

俺は、カナンとクラリスを広めの足場に残して、クジラの上に転移した。上から剣をぶっ刺せば、さすがにあの巨体も落ちるだろう。

俺はクジラの背に乗り、剣をぶっ刺した……！

クジラは特に抵抗することもなかったので、十分に長い時間溜《た》め攻撃の間を作れた。これで、一発でクジラを落とせるだろう。たぶん、クジラは体が大きすぎて俺が上に乗っかったことすら気づいていないんじゃないのか？

「うおおおおおおおおお！」

――ドチュ。

「プオオオオオン!!」

クジラは悲鳴をあげる。

邪剣ダークソウル、そこに会心率１００と会心ダメージ二倍が乗っかった攻撃！　しかも溜めをフルに使った一撃！　さらに俺のもともとの攻撃力もステータスの種でアップしているから、今まで最高威力の攻撃だ！

「よっしゃあああ！」

クジラはどんどん高度を落としていき――空中で破裂した……！

「うわぁ……！」

俺は思わず、足場を失った。

しかし、すぐさま空中で転移を唱え、クラリスたちのいる足場へ一瞬で転移する。

「ふぅ……ただいま」

「ね、ねえアレを見て……！　ロイン！」

「ん…………？」

クラリスが指さす方を見る――空中でクジラが破裂した跡――その場所には、大量のアイテムがばらまかれていた。そして、次々に奈落の底へと落ちていく。

「ど、どどどどういうことだ……!?」

あれ、全部クジラのドロップアイテムなのか……!?

だとしたら、いちじゅうひゃくせん……わ、わからない……！

「くそ……！　ほとんど落ちていってしまってる……！」

ドロップアイテムの一部は、足場に引っ掛かっているが、そのほとんどはそのまま奈落へ落下していった。まあ、これだけ数があるのだから構わないか……。

「クジラが巨大だから……こんなことになっているのか……？」

「さ、さあ……わからないわよ、私に聞かれても」

今まで、こんなことはなかったはずだ。一体のモンスターからとれるドロップアイテムは、一つ。

それが、今回急にこんなことに……。

「あ…………！　も、もしかして、これが運のステータスの効果なのか……!?」

「も、もしかしたらそうかも……！」

俺の運は、１０００の数値を超えた。ステータスというのは、１０００が一応一つの目安になっているらしい。といっても、１０００を超えた人間なんてほぼほぼいないから、迷信のようなものだ。伝説では、ステータス１０００を超えると、なんらかの特殊なパッシブスキルが覚醒すると言われている。

「俺の【確定レアドロップ】スキルが……進化したってことなのか……⁉」

「もしかしたら……そうなのかも……！」

だとしたら、【確定大量レアドロップ】ってところか……？

まあ、名前はなんでもいい。とにかくこれがあれば、今までみたいに何体も何体も狩りをする必要がないってことだ。たった一匹倒すだけで、簡単に目的のアイテムが手に入る。

「と、とにかく……落ちてるアイテムを拾い集めよう」

「そ、そうだね……」

「そうだな……」

俺たちは、困惑しながらも、足場に残ったアイテムを集める。これは、今度から集めるのが大変になってくるなぁ……。まあ、持ち運びはアイテムボックスで簡単にできるからいいけど。

「で、これはいったいなんなんだ……？」

俺は手に持った一つをまじまじと見て、その内容を確認する。クジラから大量にドロップしたアイテムの正体。それは――――。

《ルナティック・クリスタル》
レア度　★13
ドロップ率　0.0007％
説明　宙《ちゅう》クジラの体内で生成される未知の素材。

「な、なんだこれは……!?」

それは、見たこともない宝石（？）だった。まるで羽のように軽い。なのに、叩いてみるとコンコンという音がするのみで、まったく傷がつかない。

「こんなの、見たこともないね……」

「ああ、もしかしたら、この奈落の特殊な環境と、クジラの生態が生み出したのかもしれない……」

ルナティッククリスタルは、全部で百五十個ほどになった。

下の階に下りていけば、またどこかに落ちているかもしれない。ものすごい強度だから、落ちていてもそのまま残っているはずだ。きっとこれにはいろいろな使い道があるだろう。

これから作る兵士団の装備にも、役立つかもしれない。

◇◇◇

俺たちはいよいよ目的の階層までやってきた。

下る途中、クジラからばらまかれた無数のルナティッククリスタルを回収した。これでかなりの素材が集まった。思わぬ収穫だ。

しかし、ここへ来た真の目的を忘れてはならない。

「で、カナン。魔法のスキルブックを落とすというモンスターは、どういうやつなんだ……？」

「うーん、私も確かなことはわからないけど、話によるとゴブリンのようなモンスターらしい」

「だとしたら、スキルメイジと似たような感じか……」

「名前は、ブラッドメイジとかなんとか」

なるほど、どうやら名前と見た目からしても、スキルメイジの亜種的なやつで間違いなさそうだ。こっちの地域と、ミレージュ周辺で、微妙に違うって感じかな。まあ、スキルブックを落とすところが同じなら、なんでもいい。

「あ、ねえロイン、カナン。あれじゃない……⁉」

クラリスがさっそく指を指す。そういえば何気に、クラリスは敵を見つけるのも得意だな。目がいいのかもしれない。

カナンが答えた。

「あれで間違いなさそうだ！　私が先制する……！」

カナンはまっすぐに、ブラッドメイジに向かっていく。

ブラッドメイジは、赤い色のスキルメイジという感じだった。スキルメイジとは違って、さらに色の濃い表皮をしている。毒々しい色というか、非常に気持ち悪い。

「うおおおおおおおおお！」

カナンがブラッドメイジに、先に仕掛ける。

――ズシャ……！

「プギャア‼」

しかし、斬られたのはカナンのほうだった。

「なに……⁉」

「ど、どうしたんだカナン！」

俺の目には、カナンは大きく空振りをしたように見えたが……？

「わ、わからない……！　私は確かに攻撃を……！」

クソ、どうやらブラッドメイジは幻覚のようなものを使ってくるみたいだな。これはうかつに近づけない。

「カナン、もういい、危険だ！　下がれ！」

「くそ……！　すまないロイン……！」

カナンは腕に、切り傷ができてしまっていた。

ブラッドメイジは、俺たちをおちょくるように笑っていた。

「キキッ！」

「よし、遠距離から攻撃しよう……！」

俺たちは作戦を変えることにした。

どうやら近づくと、幻覚かなにかで、狙いが外れるようだ。しかし、遠くから見ていた俺の目には、なにも変なところはなかった。

ということは、遠距離からなら惑わされずに攻撃できるはず……！

「よし、クラリス、挑発《アピール》してくれ！」

「わかった……！　挑発《アピール》――！」

最初に、クラリスがブラッドメイジを引き付ける。ブラッドメイジは、クラリスの方をじっと見て、動きを止めた。

どうやらこちらのスキルは通用するようだ。

「よし、今のうちだ……！　斬空剣《エアスラッシュ》――！」

俺は、ブラッドメイジに向けて遠距離から攻撃を放った！

――ズシャ！

しかし――。

――キン！

「なに……!?」

斬撃波は、ブラッドメイジに届くことなく、その一歩手前で弾かれてしまった。

ブラッドメイジの周りには、球体状に透明な壁が存在するようだ。

「くそ、なにかバリアのようなものを張っているのか……!?」

近づけば、幻覚で返り討ちに遭う。遠くからだと、バリアで攻撃が弾かれる。

どうすればいいんだ……!?

ブラッドメイジ自身、魔法やスキルを駆使しているようすだ。スキルメイジに比べて、かなりそれを使いこなしている。

こいつはちょっと、今までの敵と比べても、かなりの強敵だ。

「どうする……ロイン！」

カナンが焦り出す。

俺もどうにかしたいが……。

「よし、カナンはここで見ていてくれ。今度は俺がやつに近づいて、攻撃を仕掛けてみる……！」

「でも、近接攻撃はもう私が試して……」

「わかってる。でも、自分の目で確かめたいんだ」

「……わかった……。気を付けて！」

俺は独り、ブラッドメイジに距離を詰める。

カナンには、こいつがどう見えていたのだろうか……。もしかして、俺なら幻覚を突破できるんじゃないか……？

そんな淡い期待が、俺にはあった。

「うおおおおおおおおお！」

「ロイン、危ない……！」

「…………!?」

そんな、俺はブラッドメイジにまっすぐに斬りかかったつもりだったのに……!?

だが実際のところ、俺は盛大に空振りをしていた。

やはり、ブラッドメイジに近づくと、幻覚に惑わされてしまうのか……!?

「っく…………！」

俺は、知らぬ間にブラッドメイジに後ろをとられていた。

「ロイン……！」

クラリスの呼びかけに気づいたときにはもう遅かった。

ブラッドメイジの口から、魔力の光線が発射される……！

――ビュン！

俺は完全に後ろをとられていて、避けることができない……！

「っく……！」

しかし、そこで勇者の指輪が反応した……！

俺の目の前に、指輪から照射されたビームが、バリアとなって現れる。

――キン！

よし、勇者の加護によって、なんとか一度は防いだ。しかし、ここからどうやってブラッドメイジを倒せばいいんだ……!?

また攻撃を仕掛けても、幻覚でかわされるかもしれない……！　それどころか、今度は勇者の加護がもう使えない。勇者の加護は、同じ相手に一回までしか反応しないのだった。

だが、コイツを倒さないことには、帰れない……！

ビームを一度防いだ今がチャンスだ……！　俺は意を決して、ブラッドメイジに斬りかかる

……！　今度は惑わされないように、集中する。

しかし……。

――スカッ！

「あれ…………!?」

またも空振り、俺が見ていたブラッドメイジは幻覚だった。くそ……同じことの繰り返しだ。こいつに攻撃は通用しないのか……!?

「ロイン……また後ろ！　危ない……！」

「くそ……！」

今度は二度目だ。勇者の加護に頼ることなく、なんとか自分で避ける。

――ビュン！

――ドシャァ！

ブラッドメイジからの魔法攻撃が、俺のいた地面に炸裂する。あと一秒回避が遅れていたら、危なかった。

俺は地面を転がり、なんとか避けることに成功する。しかし、勢いよく地面に倒れてしまう。

「ケケ！」

それをブラッドメイジがあざ笑う！

くそ、どうすればいい……!?

ブラッドメイジが俺にとどめを刺そうと、近づいてくる。

クラリスとカナンも助けに走ってくるが、途中でまったく見当違いの方向に走っていってしまう。

これが幻覚の効果か……!?

「くそ……！」

俺はなかなか起き上がることもできずに、唇を噛みしめた。あれだけパワーアップしたのに、幻覚一つでこうも苦戦するとは……！

だが、そのとき、俺の視界にあるものが入った。

「あれは………！」

そう、ルナティッククリスタルだった。先ほど上層階で、宙クジラを倒したときに、ここまで落ちてきたのだろう。

倒れ込んだ俺の目の前に、一つのルナティッククリスタル。

俺はそれを覗《のぞ》き込む。

すると――。

「あれ………？　ど、どういうことだ……？」

ルナティッククリスタル越しに見たブラッドメイジは、俺がさっきまで見ていたものと、まったく違う姿をしていた。

まさか、ブラッドメイジの姿自体が、幻覚だったのか……!?

ルナティッククリスタルは、真実を映し出す鏡のようなものだった。それを通してみると、世界がありのままに見える。

「ブラッドメイジ……こいつは幻覚……!?」

そもそも、そんなモンスターなどいなかったのだ……！　じゃあ、これはいったい……俺は誰に幻覚を見せられていたんだ……!?

ルナティッククリスタルを目の前にかざして、あたりを観察してみる。すると、地面に生えているキノコから、瘴気《しょうき》のようなものが出ているのが見えた。

「こ、こいつか……!?」

そう、ブラッドメイジの正体は、キノコが見せる幻覚だった！

俺がそれに気づき、キノコに剣を向けると――。

「ぴきぃ！」

キノコに足が生え、地面から抜け出し、逃げようとしたではないか！

「待て！　逃がすか！　よくも俺たちを騙《だま》してくれたな……！」

まさか、幻覚を見せるタイプのキノコ型モンスターだったとは……！　そんなモンスター、聞いたこともない。

これが、奈落のモンスターか……。

「えい……！」

――ズシャァ！

俺が剣を振るうと、あっさりとキノコは消滅した。キノコ本体は、雑魚のようだ。だからこそ、幻覚を上手く使って、戦いをするわけか……。

そして、キノコが倒れたと同時に、俺たちの目の前の風景も、微妙に変化する。どうやら幻覚が、解かれたようだ。

さっきまで見当違いの方角に、走って叫んでいたクラリスとカナンも、正気を取り戻す。

「あ、あれ……？　ど、どういうこと……？　ブラッドメイジは……？」

「ロイン……！　大丈夫なの……!?」

「ああ大丈夫だ。ブラッドメイジは、もう倒した」

そして、キノコの死体からは、大量のドロップアイテムが湧き出ていた。やはり、一体倒すだけで、複数のドロップアイテムが得られるようだ。これが、俺の新たな能力というわけか。

――ドバババババババ！

キノコの死体から、まるで噴水のように放射状にスキルブックが噴出される。

「すごい！　ロイン！　これ、大収穫だよ！」

「ああ、そうだな……。全部はいらないくらいかもな……」

これだけあれば、お目当ての魔法やスキルが手に入るだろう。今からそれが楽しみだ。

「うおおおおおおお！　これはすごいぞ……！」

俺たちはそれを、必死にかき集めた。

そういえば、カナンの腕の傷も、キノコとともに消え去っていた。どうやら傷自体、幻覚だったようだ。

「えーっと……おお、魔法だけじゃなく、スキルもあるぞ……！」

「これ……選ぶのに苦労しそうだね……」

「そうだな、そこはまあ、ホテルに帰ってからゆっくりと吟味しよう」

まさに多種多様なスキルブックの図書館といった感じだった。

「よし、今日はもう遅いし、スキルブックも手に入ったことだし……帰ろうか」

「そうだね……」

五百冊ほどのスキルブックを拾い終え、俺たちはホテルに転移した。

◇◇◇

さあて、これだけあると、どんな種類があるのかを確認するだけでも一苦労だ……。

とりあえず、俺たちは目についた本をそれぞれ選んでいった。

すべてのスキルが使えるわけでは、もちろんなかった。かぶっているものもあったし、そもそも使いどころがないようなものも……。

だが、結果として、それぞれ十冊ずつくらいのスキルブックを使用した。あまりに多いと、自分でも使いこなせなくなるから、これが限界だ。

◆ロインの覚えた新スキル・魔法
・魔力全放射《マジックバースト》
・闇の右手《ダークネス》
・従魔召喚《サモンダーク》
・運試しの賽子《ファンブルギャンブル》
・魔物契約《テイム》Lv1
・極小黒球《グラビトン》
・火炎龍剣《ドラグファイア》
・追いチャージ《エクストラ》
・空間転移の剣
・剣撃分身《デュアルウエポン》

◆クラリスの覚えた新スキル・魔法

・巨大盾《ビッグ・ワン》
・魔法反射空間《ネメシスフィールド》
・盾ブーメラン
・範囲回復魔法《エリアヒール》
・上級回復魔法《エクストラヒール》
・地震《クエイク》
・氷の盾
・メテオ
・ジャストガード
・パリィ

◆カナンの覚えた新スキル・魔法

・毒の刃
・麻痺《まひ》刃
・砂塵《さじん》演舞

・ファイアボール
・電光石火
・龍神の舞
・アイスボール
・氷の舞
・瞬間動作《ファストムーブ》
・リコール

「まあざっと……こんなもんだな……」

「えーっと……これだけでも自分でなにを使えるのか、覚えきれないよ……」

「だな、今度から新しいスキルを覚えるときは慎重にならないと」

余ったスキルブックは、持ち帰って商品にでもしようか。あと、サリナさんとドロシーの分も残しておくか。一応、護身用というか、俺がいつでも守れるとも限らないしな……。

「うう……本当にこのスキルでよかったのかなぁ……私、使いこなせるか不安だぞ」

カナンが珍しく弱音を吐く。

「大丈夫さ。カナンならすぐに慣れる」

今から、スキルを試してみるのが楽しみだ……！

魔法以外にもいろんなスキルが手に入ったしな……。

「さっそく試しに戦ってみたいね……」

とクラリス。

「そうだな、だったら……もう一度死の森に行くのはどうだ……？」

「え？　もう一度……？」

「ああ、俺の【確定大量レアドロップ】を使ってみたくないか……？」

「あ、確かに……！　今なら、前みたいに何体も倒さなくても、いいかも！」

「だろ……？」

そう、今となっては、一体のデスフラワーを倒すだけで、かなりの種が手に入る。前は乱獲の危険もあって、控えめにしていたが、今度こそ、ステータスを大幅に上げることができる。

「よし、じゃあ行こう！」

俺たちは、死の森へと転移した。

◇◇◇

そして、その日のうちに、五体ほどのデスフラワーを狩り……大量のステータスの種を手に入れた……！

それからホテルに戻って――。

種のおかげで、俺たちのステータスはそれぞれ、十倍となった。

もっと食べてもよかったが、なぜかそこで打ち止めとなってしまった。もしかすると、個人によって成長限界が決められているのかもしれない。それか、種の効果に限界があるのだろうか……。

とにかく、現状ではそうなった。

「おおおおお！　なんだか自分でも、体に力がみなぎっているのがわかるぞ……！」

「ほんとだね……！　っていうか、ロイン……ちょっと見た目もかっこよくなってない……!?」

「え、そうか……？」

そういえば魅力値が上がって、クラリスもカナンもさらに色っぽく見える。まさに、絶世の美女だ。

具体的には、胸のサイズが上がり、お尻もさらに柔らかくなり……くびれもすごい。さらに、顔も肌艶《はだつや》がよくなって、髪も前にも増してサラサラ。媚薬《びやく》のような匂いが、いたるところからしている。近くにいるだけで、脳が焼き切れそうだ。

「ステータスってのは……こんなにすごいのか……」

あらためて、その問答無用の効力には驚かされる。いくら筋肉を鍛えようが、ステータスこそがすべてを決定するのだった。

「で、問題はこれだよな……」

俺の運の値は、9999――カンストしていた。

「これ……どうなるんだろう……？」

1000になったときは、【確定レアドロップ】が【確定大量レアドロップ】に変化した。ということは、次はどうなるんだ……？

「それはまあ、試してみるしかないでしょ……？」

クラリスも、期待に目をときめかせている。

「ま、そうだな……」

ではさっそく、次の目的地へと転移しよう。だがその前に——。

「くそおお！　もう我慢できない！　二人とも、かわいすぎる……！」

俺は二人を抱き寄せ、そのままベッドへ押し倒した。

「あ、もうロイン！　こっちから仕掛けようと思ってたのにぃ！」

どうやらクラリスも、カナンも同じ気持ちらしかった。

俺の魅力値も、相当に上がっているようだ。

◇◇◇

翌日、俺たちはけたたましい騒音とともに、目が覚めた。

「きゃああああああああああああああああああ!!　!!」

窓の外から、悲鳴が聞こえてくる。

ドシンドシンという、地鳴りが響きわたり、窓からは砂埃《すなぼこり》。

「な、なにごとだ……!?」

カナンが飛び起きて、戦闘態勢をとる。

俺とクラリスも、急いで装備を整えた。

「わ、わからない。とにかく外へ出てみよう……！」

俺たちは階段を駆け下り、ホテルの外へ。

街では多くの人が、避難を始めていた。

慌てて逃げ出す人々。そのうちの一人に、話を聞いてみる。

「な、なにがあったんですか……!?」

「あ、アンタら……知らねえのか!?」

男の話によると——今朝早く、落雷があったらしい。そして、その直後、ギルドラモンの街に、巨大なモンスターが出現した。

「あれは、恐ろしい！　空が突然、パクっと割れて、雷とともに、そいつは落ちてきたんだ！　この世の終わりだよ……！　みんな、終わりだ……！」

男はそう言って、頭を抱えて走っていった。

空が割れて——。俺はその表現に、思い当たるところがあった。

「もしかして……また、魔界からの襲撃か……!?」

デロルメリアを倒してから、まだそんなに時間はたっていないはずだが……。もう次の襲撃が始まったというのだろうか。それだけ空間が歪《ゆが》み、不安定になっているということなのだろうか。

「それにしても、どうしてこの街に……！」

以前の襲撃は、ミレージュの街周辺の地域だった。しかし、今回はここ、ギルドラモンだ。

ミレージュに魔界からの襲撃があったのは、おそらくそこにアレスターがいたからだろう。だがアレスターは一度死に、俺が新しく勇者となった。

そう、今勇者の加護を持っているのは、俺なのだ。だとしたら、この街にモンスターが現れたのは——俺がここにいるから……？

「くそ……！　だったら、俺が倒すしかない……！」

俺は、人々が逃げていく方向とは逆の方に、走り出す。

「あ、待ってロイン！」

しばらく歩いて、高い建物の影から出ると——。

——そこに、ヤツがいた。

「な、なんて巨大なモンスターなんだ……！」

そのモンスターは、今までにないほど巨大だった。宙クジラよりも、タイラントドラゴンよりも巨大なそれは——。

「べへモス……！」

そいつは巨体に鎧のような表皮をまとった、恐ろしい怪物だった。

ギルドラモンの街を、踏みつぶすように行進している。

こいつがここに現れたのが、俺のせいだというなら、倒すしかあるまい……！

「ぐわあああああ!! !!」

そんな悲鳴とともに、俺の目の前に、一人の人間が吹き飛ばされてきた。この街の冒険者だ。べへモスに挑んで、ここまで吹き飛ばされてきたらしい。

べへモスはまるで俺たちのことを気にせず、淡々と行進を続けている。

「あ、あんた！　大丈夫か……!?」

冒険者は、吹き飛ばされ、壁にぶつかり、口から血を流している。

「もう……俺はダメだ……この街は終わりだ……。あんなの、敵《かな》いっこねえ。こっちの攻撃が、通らねえんだ……」

「大丈夫だ、俺に任せろ」

「いや、ムリだ。まるで歯が立たねえ」

「ああ、だが……俺なら倒せる」

俺がそう自信満々に言うと、男は眠るように気を失ってしまった。このまま放置しておくと、死んでしまうだろう。

だが、こちらには打つ手がある。俺たちには昨日、スキルブックによって習得したばかりの魔法がある。

「なあクラリス。こいつに回復魔法を、頼む」

「わかった……！」

クラリスには、回復魔法を覚えてもらった。盾ヒーラー。盾で自分の身は確実に守りながらも、ヒールも飛ばせる。まさに鉄壁の、頼もしい味方だ。

「上級回復魔法《エキストラヒール》――！」

クラリスがそう唱えると、男の傷が徐々に回復していった。

「すごいな……！　本当にクラリスが魔法を使っている……！」

今から攻撃魔法を思い切りぶっ放すのが楽しみだ。

「じゃあ、俺とカナンはベヘモスを倒す！　クラリスは、他にも負傷した人がいるだろうから……

そいつらを頼む！」

「わかった……！　気を付けて……！」

俺たちは二手に分かれた。

クラリスは高速移動《スピードアップ》を使い、ビュンビュンと街を駆け回り、怪我《けが》人を探しに行った。

ベヘモスは、まるで動く要塞《ようさい》だ。こちらの盾などものともせずに砕いてくるだろう。それに、あの大きな体から繰り出される攻撃、そもそも当たるわけにはいかない。

身軽なカナンと、俺だけで、なんとか仕留めないといけなかった。

「これは、久しぶりに強敵だな」

「そうだね……って、ロイン、なんでそんなにうれしそうなの……!?」

「だって、あんなヤツのレアドロには期待できるだろ……？」

いつものように、俺は俺にできる戦いをするまでだ。

新しいスキルを試す、ちょうどいい機会だ。

俺とカナンは、ベヘモスの背中の上めがけて転移した。

「よし、まだ気づかれていないようだ……」

ベヘモスからすれば、俺たちなど背中に付いた虫のようなものなんだろう。背中の上に転移しても、気づかれた様子はまったくない。みんなは正面から向かっていっていたから、すぐにやられていたんだ。こうしてこっそり近づけば、気づかれない。

「じゃあ、さっそく攻撃させてもらいますか……！」

まずはこの状況を活かして——。

「溜め斬り《ソードバースト》――――！」

俺は剣を溜めの状態に移す。

そしてさらに、新しく得たスキルを使う。

「追いチャージ《エクストラ》――――！」

限界溜めの状態から、さらに力を溜める！

これで、フルパワーの一撃をお見舞いするぜ……！

「うおりゃああああああああああああああ!!　!!」

ズドーン――!!　!!

べヘモスの背中に、強烈な一撃を叩き込む！

溜め二段階、さらに会心の一撃、俺の攻撃力と相俟《あいま》って、今までで最高威力のダメージだ！

「プオオオオオオオオオオン!!　!!」

さすがの鈍いべヘモスも、大声をあげてのけぞる。

俺とカナンはすかさず、べヘモスの背中にある突起につかまりバランスを保つ。

「えぇ……!?　これでも倒れないのか……!?」

べヘモスのあまりの耐久度に、カナンが驚きの声をあげる。

「だな……正直、俺も今の一撃だけで倒せるつもりでいた」

どうやらこの超大型魔獣べヘモスは、今までの敵とはまったくの桁違いなようだ。

「じゃあ、遠慮なく次々に攻撃していくぜ！」

「そうだね……！　さっさとやっちゃおう！」

これは新スキルの試し撃ちには、いい的だ。大きい体だから、どこに当ててもいい。

「アイスボール――！」

カナンが唱える！

魔法によって、氷のつぶてがベヘモスを襲う！

――キン！

しかし、氷はなんの反応も見せず、ベヘモスの表皮に当たって砕けた。

「くそ、硬い！」

「これはかなりの高威力の攻撃以外は、通らないみたいだな」

それこそ、さっきの溜めのような……。

「だったら、ロイン……！　任せた！　私はサポートに回る！」

「そうだな……！　任せておけ！」

カナンの攻撃は、手数や素早さが売りだ。だから、こういう場合には向いていない。しかし、サポートは一級品だ！

「龍神の舞――！」

カナンの新スキルだ！　カナンが華麗に舞うと、なんだか力がみなぎってきた。

「さあ、これで攻撃力二倍だよ！　いけええロイン!!　!!」

「おう！　ありがとうカナン！」

体中にオーラがほとばしる！　味方全員をバフする効果のある舞だ。これで、俺の攻撃はさらにふざけた威力になるだろう！

「従魔召喚《サモンダーク》――！」

俺は新たに覚えた魔法を唱える。

すると――。

――ズオオオオオオ!!!!

ものすごい音とともに、地面に召喚陣が現れる。そして、そこから出現したのが――。

「デーモン！」

べヘモスほどではないが、それに負けずとも劣らないほどの、巨大なデーモンが姿を現した。

これが召喚魔法というやつか……。

デーモンは、べヘモスの前に立ちはだかる！

「グオオオオオ!!!!」

――ドシーン！

二つの巨体がぶつかり合い、ものすごい音をたててミシミシとひしめき合う。大迫力の押し合いが始まった。

「よし、これでなんとかべヘモスの進行は食い止めたぞ」

これ以上街に入られると、危険だからな。

べヘモスの行進は、すでに避難場所ギリギリまで近づいてきていた。だが、デーモンもいつまでも持つとは限らない。このままでは、いずれ押し負けてしまうだろう。

俺はすかさず、次の手を打つ。

「闇《ダークネス》の右手――！」

俺がそう唱えると、空中に巨大な悪魔の手が出現した！

「よし、いい感じだ！」

俺が右手を動かすと、それと連動して悪魔の手も動く。

これはなかなか強いな……！

「食らえ……！」

そして、俺はその右手を使い、ベヘモスの口に特攻する！

ベヘモスの口を、無理やり開かせる！

「プオオオオオオオオン!! !!」

デーモンと右手で、ベヘモスに無理やり開口させた。

「外皮は硬くとも、中は柔らかいだろう……？」

そして、俺たちは転移し、デーモンの肩へ。

俺の考え得る、最大威力の攻撃だ……！

ファンブルギャンブルを唱えると、空中に巨大なサイコロが三つ現れる。そして、それが勝手に振られ……。

「運試しの賽子《ファンブルギャンブル》――!! !!」

――6・6・6!! !!

「よし！　最大威力だ……！」

ファンブルギャンブルは、出た目によって強さが変わる、バフ技だ。

これで、俺が次に放つ攻撃は、なんと6の三乗倍の威力になる……！

「うおおおおお‼　‼　食らえ……！」

俺はベヘモスの口の中めがけて、放つ！

「火炎龍剣《ドラグファイア》――‼　‼」

――ズドーン――‼　‼

――ドシャドシャドシャアアアア‼　‼

俺の剣から、炎の龍が飛び出し、ベヘモスの口の中へ駆けていった。そして、体内からベヘモスを焼き尽くす！

「プオオオオオオオオン‼　‼」

「やったぁ……！」

――ドシーン！

ベヘモスは、その巨体を地面に沈めた。ようやく、あの巨大な動く要塞を、止めることができたのだ！

「すごい！　さすがはロインにゃ♪」

カナンが抱き付いてくる。

「よし、クラリスの元へ戻ろう」

俺たちは急いで転移する。

◇◇◇

クラリスは避難所で、負傷者たちの手当てをしていた。エリアヒールで、一気にみんなのことを治していたようだ。

「クラリス、すごいな……みんなを助けてくれてありがとう」

「ううん、私はなにもしていないよ。それより、ロインのほうがすごいよ！　本当にあんな大きなモンスターを倒してしまうなんて……！」

俺は、クラリスの頭をそっと撫《な》でた。街のみんなのために、俺たちが戦っている中、必死に守り抜いてくれた。俺はそんなクラリスを、恋人ながら誇りに思う。

街のみんなも、クラリスに感謝しているようで、拝んでいる人すらいた。

「あれ……ロイン、ドロップアイテムはどうしたの……？」

「ああ、……まあ……な」

そう、今回、俺はドロップアイテムをとることはしない。

「……………？」

「街の人の復興に充ててほしいんだ。俺の【大量レアドロップ】のおかげで、今噴水のようにドロップアイテムが出ている。だから、まあそれだけあればなんとかなるだろ……？」

「すごい！　あのロインがレアドロをあきらめてまで街の復興を考えてる!?」

「おいクラリス、俺をなんだと思ってるんだよ………」

というわけで、俺はもはやべヘモスのレアドロがなんだったのかすら確認しないでいた。だって、見たら欲しくなっちゃうだろうしな……。まあレアドロがなんであれ、高価なものか役に立つものであることは間違いないだろうから、街の人たちには喜ばれるだろう。

「ロイン、この街のために……ありがとう！」

「いや、カナン。俺は当然のことをしたまでだよ……」

その後、カナンの扇動で、街の冒険者たちから胴上げされた。

そして、ボロボロになった街に、再び明かりが灯《とも》る。まだ瓦礫《がれき》が片付いてもいないというのに、酒盛りが始まった。まったく、この町の連中は変わらないな……。

俺は、盛大にもてなされ、賞賛を受けた！

6　領地経営

ギルドラモンを後にし、俺たちはアルトヴェール領に帰還する。久しぶりにサリナさんとドロシーに会えるのが楽しみだ。といっても、ほんの数日のことなのだが……。

それでも、いろんなことがあったから、長く感じてしまう。

「ただいまー」

そう言って、城の中に転移する。

「って……おわああ!?　なんだこれ……!?」

城のエントランスには、大勢の人がいた。

え……俺の家……乗っ取られている……!?

俺たちが困惑していると、サリナさんがやってきた。

「あ、おかえりなさいロインさん」

「あ、ああ……ただいまサリナさん。これはいったい？」

「えーっと、こちらのみなさんは、商人の方たちですね」

「はぁ……」

「そうそう、ロインさんのいない間に、商会がものすごく上手くいったんですよ！」

「えぇ……!?」

俺がいない間にって……俺はまだ数日出かけてただけだぞ。

「ロインさんの蓄えていた素材を元に、これだけの成果を挙げました！　私も、もうギルドを辞めましたし……」

「す、すごい……」

サリナさんが見せてくれた帳簿には、とんでもない額が……。なるほど、それでこんなに賑《にぎ》わっているのか……。それにしてもだな……。

「他にも、まだまだ見せたいものがあるんですよ！」

「えぇ……!?」

サリナさんに連れられて、ベランダから、下を見下ろす――。

アルトヴェール領、そこにはなにもなかった。以前は、ただ荒野が広がるのみで……。見捨てられた領地、そんな感じだった。

「すごい……」

――だが、今俺の目の前には、以前とはまるで違う風景が広がっている。

「みなさん、この領地に引っ越してきてくれたんです……」

城の周りを囲むように、商人たちのテントやキャラバンがある。それに、冒険者や兵士たちの姿もある。

「すごい、俺が思い描いていた通りの光景だ……！」

まさかこんなに早く、達成できるとは思っていなかったが……。

「これもすべて、ロインさんのドロップアイテムのおかげです！」

「いやぁ……サリナさん、本当にありがとうございます！」

この先、このアルトヴェール領がどんどん大きくなっていくことが、想像できる。これもすべて、サリナさんと、このドロップスキルのおかげだ。

「それじゃあロインさん、みなさんに挨拶《あいさつ》を」

「え……？　俺が？」

「そうですよ。だって、このアルトヴェール領の主はロインさんですもん。ねえほら早く、領主様」

「領主様……」

俺はサリナさんに引っ張られて、みんなの前に引きずりだされる。これだけ注目を浴びるのは苦手だ。商会のエライ人とか、たくさんの大人たちから、注目を浴びる。

「えーっと、私がロイン・キャンベラスです。みなさん、今回は、この領地に集まっていただき感謝します。うちと商売をしてくれてありがとうございます。そして、この地にとどまる決意をしてくれた方々にも、感謝です」

俺がそう言うと……みんなから拍手が巻き起こった。

「素晴らしい！　あなたがロイン様ですね！」

そう言って、近づいてきた男が一人。髭《ひげ》をたくわえて、見るからに地位の高そうな人物だ。

「あなたは……」

「私は、シュトラウサー商会のゲルマン・シュトラウスです」

「あ、あのシュトラウサー商会の会長……!?」

「そうです」

まさかあの有名な巨大商会までもが、手を貸してくれていたなんて……。

「いやあ、ロインさん。あなたの商品は素晴らしい！　どこでも手に入らないような、貴重な品ばかりです！　どうやって入手しているのか知りたいくらいですよ……！」

「いやあ……そこは企業秘密でして……あはは……」

なんとか誤魔化す。

そうか、シュトラウサー商会も取引をしてくれているのなら、頼もしいな。

そんな感じで、様々な取引先と、挨拶を交わしていく。

◇◇◇

「ふぅ……疲れた……。あぁいうのは苦手だ」

ようやく夕方になって、一通りの挨拶を終えた。

「まあ、ロインさんは戦うのがお仕事ですから、それでいいですよ。商会のことは、引き続き私に任せてください」

「ありがとうございます。サリナさん。助かりますよ……」

どうやら、在庫の管理や商品の供給バランスの管理なども、すべてサリナさんがやってくれたみたいだ。そのおかげで、市場の値段のバランスなども、大きく狂わずに済んでいるようだ。関わった人たち全員が、得をするような、そんな取引。

さすがはサリナさん、計算が得意だ。

「それでですね……ロインさん」

「はい」

しかし急に、サリナさんの声のトーンが変わる。

「この方はなんなんですか……？」

「んあ……？」

そして、カナンのことを指さした。

「あ、ああ……こいつはカナンだ。その……新しい……恋人だ」

「はぁ……まあ、もうなにも言いませんけどね……。行く先々で女の子を落としてたら、この先城が女性だけで埋まってしまいますよ……？」

「あはは……それはさすがにないですよ……」

「どうだか……。ロインさんのことだから、なんでも想像の上を行っちゃいますからねぇ」

まあ、ということで、カナンのことも紹介したことだし……。

「じゃあ、俺はもう寝るよ。疲れた……」

そう言って、寝室に行こうとする。しかし、サリナさんに袖を引っ張られる。

「ロインさん……？　久しぶりに帰ってきたんですから、今日は寝かせませんよ？」

「へ……？」

それに便乗するように、

「私も久しぶりでうずいておる……」

とドロシーまで近づいてきた。

「お、じゃあ私も交ざろうかな」

とカナン。

「私だって……その……仲間はずれは嫌だから……！」

クラリス。

はぁ……まじで今日は寝れそうにない……。

俺は、覚悟を決めるのだった。

「……わかったよ」

◇◇◇

翌日、ギルドラモンから持ち帰った、ミレージュ周辺にはない素材を見せると、みんな喜んでくれた。

「おお！　これは素晴らしい！　この辺ではめったに手に入らない商品ですよ！」

商人たちが嬉々として商品を持っていった。これで、さらにここは裕福になるはずだ。

「それで、ロインさん。これから、どうするんです？」

とサリナさん。

そう、俺はなにも金儲《かねもう》けのためだけにこんなことをしているのではない。集めた人と金で、やりたいことがあった。

「そうですねぇ。そろそろいいかもしれない」

魔界からの襲撃は、どうやら俺のいる場所に来る。それは、先日のギルドラモンの一件からも明らかだった。つまり、敵のやってくる場所はある程度予想できるということだ。だったら、俺のいる場所に最強の軍団を用意すればいい。

「俺は、このアルトヴェール領に、新しいギルドを作ります！」

「新ギルド……!?」

俺の発言に、サリナさん含め、商人たちも驚いた。

「ここにギルドを作って、冒険者を集めます！　それで、俺はアルトヴェール領で、魔界からの攻撃をすべて引き受けようと思う。そうすれば、ミレージュやギルドラモン……他の街のみんなは、平和に暮らせるだろう?」

「ロインさん………」

「もちろん、アルトヴェール領に住むというのは、それなりに危険だろう。だから、この考えに賛同できない人は、去ってもらってもいい」

俺はここを、最強の冒険者たちの要塞としようと思う。物資を集めて、魔界との前線基地にするんだ。俺にならこのアルトヴェール領でなら、それができる。

「ロインさん……感動しました！　世界の平和のために、そこまでするなんて……」

サリナさんにそう言ってもらえるのはありがたい。

だが、それだけでなく、商人たちも称賛の言葉を述べた。

「ロインさん！　あなたの考えは素晴らしいですよ！　我々も、ぜひ協力させてください！　商会を挙げて、活動を支援させていただきます！」

「シュトラウスさん……ありがとうございます」

商人たちもほとんどが賛成してくれた。これで、資金も人脈も、心配はなさそうだ。

「よし、これからギルドを作り上げるぞ……！」

俺はその準備にとりかかった。

◇◇◇

そしてあっという間に一か月が過ぎ――アルトヴェール領に、冒険者ギルドが完成した。城のエントランスを改造して、集会所を作った。まだ冒険者は少ないが、これからどんどん発展していくことだろう。

俺はみんなを集め、今後の展開について会議をすることにした。重要な案は俺だけが知っていても意味ないからな。必要なことは共有したい。

「俺が作りたいのは、誰もが活躍できるギルドなんだ」

「誰もが活躍できるギルド……？」

クラリスが繰り返す。

「そうだ。俺は最初、持たざる者だった……。それはクラリスもそうだろ？」

「そうだね、私は防御力がなかった。ロインは攻撃力」

そう、俺たちはなにも、最初から恵まれていたわけではないんだ。生まれつきの不遇によって、虐げられたりもした。それでも、あきらめなかったから、今があるんだ。死にもの狂いで足掻《あが》いて、行動をしたおかげなんだ。

「ああ、俺は今でも忘れない。あの悔しかった日々を。でも、今は【確定レアドロップ】のおかげで、いろんな強力な武器が手に入る」

「それで……？」

「俺は、俺みたいなもともとの能力が低い冒険者でも、活躍できる場所を作りたいんだ」

だって、そんなの不公平じゃないか……。生まれつきの能力だけで、差別され、チャレンジすることすら許されない。そんなの、理不尽だ。

それに俺はたまたま【確定レアドロップ】というスキルに恵まれていた。でも、全員がそうじゃない。ステータスも低く、能力にも恵まれない人間だっている。だったら、その能力を使って、俺にできることとはなにか。それを考えた結果だ。

「さすがです！　ロインさん！　やっぱりロインさんは頼れるリーダーだ！」

アレスターが立ち上がって俺を賞賛する。

「みんなのことを考えて行動できる、そんなロインさんだからこそ、私たちも今ここにいられるのよね……」

モモカが感慨深げにそうつぶやいた。

みな、俺の意見に賛同してくれているようだ。

「それで、ロインさん。どうやってそれを実現するんですか……？」

とサリナさんが聞く。

「俺は、【貸出武器】のシステムを作ろうと思う！」

「そうだ。冒険者たちが自分で用意しなくても、受けるクエストによって、適切な武器や防具を、ギルドが支給すればいい。ようは、冒険者たちの労働力のみを借りて、こっちはそれに見合った道具を貸し出すんだ」

そうすれば、みんな同じ条件で戦える。それで稼いだ金で、買いたい人はオリジナルの武器を買えばいい。

「でも……どこにそんな財源が……！」

と、商人の一人が言った。しかし、言いながら、彼は自分で気が付いた。

「あ……」

「そうだ、俺の【確定レアドロップ】能力さえあれば、それに十分な武器や防具を集められるだろ……？　俺はみんなのために、レアドロを集めてくる。そうすれば、冒険者たちはどんどん強くなる。それで、魔界の連中にも対抗できる最強のギルドができるってわけだ」

「なるほど……！　さすがロインさんです！」

サリナさんが手を叩いて俺を称賛する。

「それに、そうすれば俺は強敵や魔界の敵に専念できる。他の冒険者たちが強くなれば、安心して、レアドロップを探しまくれるわけだ……！」

俺は、目を輝かせて言った。そう、冒険者たちが強くなれば、その分俺も楽だからな。お互いにメリットのある関係だ。

「結局レアドロなんだねぇ……」

「貸出武器……!?」

とクラリスが呆れてため息をつく。

「でも、その武器や防具は誰が作るんです……？　そんな腕のいい職人、すぐには引っ張ってこれませんよ……？」

商人の一人がそう言った。そう、レアドロ目当ての商人は、もうすでにかなりの数、このアルトヴェール領にいる。だが、武器職人や防具職人がそれほど十分にいるとはいえない状況だ。

「大丈夫だ。それも、俺には心当たりがある」

「ええ……？　本当ですか……!?」

「ああ、俺はちょっとミレージュの街まで行って、いろいろ話をつけてくるよ。みんなは引き続き、このアルトヴェール領の発展をよろしく頼む」

正直、俺が領主とは名ばかりで、みんなに実務は任せっきりだ。まあ餅は餅屋とも言うし、俺はレアドロを集めてくるのが一番いいのだろう。実際、今のところ、順調にアルトヴェール領は発展していっている。城の周りには、小さな町のようなものもできてきた。

「さあて、これからまだまだ忙しいぞ！」

◇◇◇

俺は人材を確保するために、ミレージュの街までやってきた。

まずは、いつも使っている鍛冶屋に入る。

「よう……」

「おお！　これはロインじゃないか！　またレアドロップかい？」

と、ドレットがいつものように出迎えてくれる。

「いや、今日はちょっと……話があって来たんだ」

「話か……あんたの話なら、なんでも聞くぜ？」

俺は、今自分がやっている事業について話した。魔王軍に対抗できる戦力を作ろうとしていること。それから、俺の思想についても。誰もが平等に活躍できるギルドを作ろうとしていること。

「なるほど……そういうことか、あんたの考えはわかった。それで、俺に専属の職人になってほしいってことだな？」

「そういうことだ。頼めるか……？」

「そうだなぁ……聞いてやりたいのはやまやまなんだが、俺も一人しかいないからなぁ。そんな大人数の防具を作れるかどうか……。それなら、もっと大所帯のところに頼んだほうがいいんじゃないか？」

「いや、アンタじゃないとダメなんだ。俺の装備を作ってきたアンタに頼みたい。それに、金はあるから、助手はいくらでも用意する」

「なるほど、そういうことだったら、引き受けよう」

「本当か！　助かる！」

そういえば、俺はドレットのフルネームもまだ、知らないままだったな。

「ドレット、そういえば下の名前は……？」

「俺か……？　俺は、ドレット・ガントレットだ」

「ガントレット……!?」

そういえば、聞いたことがある。田舎者の俺でも、聞いたことがあるくらいの名だ。アレクサンドロ・ガントレット――数百年前に、勇者の装備を作り、その後突如として引退した伝説の職人。

「あんた、あのガントレットの子孫なのか……!?」

「まあ、そういうことだな。内緒にしておいてくれよ？　注文が殺到したら困る」

どうりで腕がいいわけだ……。しかし、そんな人物が、どうしてこんな場所で……。まあ、それはなにか訳ありなのだろうが。

「とにかく、助かるよ。これからもよろしく頼む」

「おう、任せておけ！」

俺はとりあえず、ドレットをアルトヴェール領まで転移で連れて帰った。必要な荷物も、アイテムボックスに収納して、持っていく。ちなみに、残った彼の店は、信頼のできる従業員に任せてあるから大丈夫だそうだ。

◇◇◇

「おお！　これはすごい城だなぁ……出世したもんだなぁ、最初にうちの店に来たときに比べたら」

「まあな。あんたのおかげだ」

「それじゃあ、まずは素材を見せてもらえるか？　それによって、こっちも作るものが変わってくる」

「ああ、もちろんだ。こっちだ」

俺はドレットを、倉庫に案内した。倉庫には、無数の素材が、一種類の素材が一個ずつ並べて置いてある。その素材の横に、アイテムボックスもそれぞれ置かれている。

ようは、一個だけ外に出して、何が入ってるのかわかるようにしてあるのだ。アイテムボックスには、その対応する素材が、無数に入っている。

この仕分け作業は、主にドロシーがやってくれたみたいだ。念力を使えば、並行して作業が可能らしい。

「おいロイン、この素材はなんだ……？」

ドレットは、一つの素材に目を留めた。この辺、ミレージュ周辺では、手に入らないアイテム。俺が、ギルドラモンから持ち帰った品だ。

「それか、それはルナティッククリスタルだ。クジラを倒したときに手に入ったものだな……。それだったら、かなりの個数あるぞ」

なんといったって、降り注ぐくらいにドロップしたからな。俺の大量確定レアドロップのおかげだ。

「こんな素材、見たことねぇな……ちょっとこれ、借りていいか？」

「ああ、好きなだけ」

どうやらドレットでも知らない素材のようだ。まあ、あんな奈落まで行く冒険者、なかなかいないからな……。これはいろいろ期待できそうだ。いったいどんな性質の素材なのだろうか……。

◇◇◇

次に俺は、別の鍛冶屋へやってきた。

ドレットのやっている鍛冶屋からちょうど街の反対側に、もう一件小さめの鍛冶屋があるのだ。

大所帯の鍛冶工房なんかよりも、こういう隠れ家的なところのほうが、腕のいい職人がいるもんだ。

それに、なんだかこの店からは、ドレットのときと同じような雰囲気を感じる。

「いらっしゃい」

「どうも……って、あれ……!?」

「ん？　俺の顔に何か付いてるか？」

店主の顔を見て、俺は驚きのあまり固まってしまった。なぜなら、そこにいたのはあのドレットと瓜《うり》二つの顔だったからだ。

「あ、あんたもしかして……ドレットの親族か？」

「あん？　ドレットを知っているのか？」

「あ、ああ……ドレットとは仲良くさせてもらっている」

「そうか……ちっ……俺はレドット・ガントレット。ドレットは俺の兄弟だよ。双子のな」

「双子の兄弟……!?」

兄弟がいるなんてこと、一言も聞いてなかったぞ？　それに、兄弟ならなんで一緒に店をやらない？

「なにか、訳ありのようだな？」

「まあな、アイツとは折り合いが悪いんだ。だからこうしてわざわざ、同じ街にいながら別々に鍛冶屋をやってんだ」

なるほど、そういうことか。でも、仲が悪いのは困ったな。

店をざっと見たところ、レドットもドレットと同等かそれ以上の腕前の職人だ。こちらとしてはぜひとも彼もスカウトしたいところなのだが……。

優れた才能と能力を持つ兄弟が、力を合わせればきっともっとすごいものができるだろうに、もったいない。

「レドット……実は、相談なんだが……」

俺は彼にもドレットにしたのと同じような話をした。しかし——。

「ふん、そいつは無理な相談だな。いい話だとは思うが、他を当たってくれ」

やっぱりか……。

「なあ、そこをなんとか頼むよ」

「だめだ。俺はアイツがいるんなら、手は貸せねえ」

「そんな……」

なにか、いい手はないだろうか……。

「とりあえず、素材だけでも見に来てくれないか？　ドレットとは顔を合わせなくていい。俺の領地は広いから、城の反対側に工房を作らせよう」

「……………そうか、それなら、まぁ……見てやらんこともない」

まあ、同じ街に店を構えていても反対側なら平気なんだし、今とさほど変わらないだろう。

ということで、レドットも同行を了承してくれた。

◇◇◇

「おお……!? これはすごい素材じゃないか!」

レドットもドレットと同じように、ギルドラモンから持ち帰った素材に驚いた。まあ、こうして見ると、兄弟なのだなあと思う。

しかしなぜ、彼らはそんなにも仲が悪いのだろうか。せっかくの才能のある兄弟なのだし、いつまでも仲違《なかたが》いしているのはもったいない。

俺にはそういったことはわからないけど……できることなら、力になってやりたい。ドレットには、俺もさんざん世話になってきているからな。

「なあ、レドット……聞かせてくれないか? アンタたちがそうなってしまった理由を」

「…………まあ、そうだな。長い話になるんだが……」

レドットは、幼いころの話にまでさかのぼって、聞かせてくれた。

「…………って、そんな理由かよ!! !!」

だが、その訳を聞いた俺は、そう叫んでしまっていた。もっと複雑な、重い事情があるのかと思いきや……まったくそうではなかったからだ。

「そんな理由ってなんだよ! 俺たちには大事なことだったんだ!! !!」

「はぁ……そうかよ……」

　呆れた……。レドットとドレットの喧嘩の理由は、なんと女だった。

　ミレージュの酒場にいる、ベラドンナという女性。彼女は二人の幼馴染《おさななじみ》で、今でもしょっちゅう店に通っているそうだ。

　しかし、酒場に同じ時間に兄弟が訪れることはない。それぞれがベラドンナをめぐって、アプローチをしているのだそう。お互いに手を引くように言ったが、どちらも譲らず、喧嘩になったそうだ。それから、もう五年も口をきいていないというのだ。

「おいおい……子供かよ……」

「うるせえ！　俺たちはこう見えて、奥手なんだよ……！」

　確かに、兄弟は筋骨隆々《きんこつりゅうりゅう》の、いかにもなイケイケタイプの見た目をしている。だが、奥手にもほどがあるだろ……。

　話を聞く限り、ベラドンナへのアプローチも、とてもアプローチと言えないようなものだった。単に酒場に通い詰めて、ベラドンナに酒をおごるとか、一緒に飲むくらいのものだった。

　もっと進展があってもいいだろうに……このおっさんたちはいい歳こいてなにをそんな甘酸っぱいことをしているのやら……。

「なあ、なんでもっと積極的にいかないんだ……？　幼馴染なんだろ……？」

　俺なら、その日のうちに誘っているんだけどな……。まあ、俺も昔は奥手だったから、人のことを言えるほどではないんだけど……。

　俺もクラリスとずっと一緒にいたが、長い間なにもなかったわけだし、サリナさんと出会うまでは……その、そういったことには縁がなかった。

だから、気持ちがわからないわけではない。

「幼馴染だからだよ……。俺たちは、微妙な関係なんだ……。だから、それを壊したくない……」

「そうか、まあ……つらいよな。白黒つけるのは」

「ああ、そうなんだよ。ベラドンナに思いを伝えたら、この関係が壊れてしまう気がするんだ……」

「ああ、気持ちはわかる。だがな……もうそれも終わりだ」

「え……？」

「ほら、行くぞ……」

「ちょっと……ロイン、どこに……!?」

「ベラドンナのところに決まっているだろ。それに、ドレットも連れていく」

「おい、ふざけるな！　俺はそんなこと……！」

「いいか！　これは魔王軍との戦いのためでもあるんだ！　黙ってついてこい！」

◇◇◇

俺はレドットとドレットの手を引っ張って、ミレージュに転移した。

いつまでもこうしているわけにもいかないだろう。それに、兄弟も本当は、白黒つけたがってるんじゃないか？　どっちかが抜け駆けしてもよさそうなものを、こいつらは五年も、もう煮え切らない駆け引きを続けているわけだ。なんだ、仲良し兄弟じゃないか、似た者同士だ。

「おいロイン！　俺は絶対にイヤだからな！」

「まあなんでもいいが……とにかくベラドンナに気持ちを確かめる。そうすればすぐに済む話だろう？　大丈夫だ、俺が背中を押してやる」

「うう……まあ、アンタがいてくれるなら頼もしいが……」

とドレット。

「でも、ロイン……あんたやけに慣れているみたいだが？　もしかして、女の扱いは得意なのか……？」

と、レドット。

「さあな……まあ、四人ほど、妻がいる」

「四人……!?」

兄弟はそれで、黙って俺についてくる気になったようだ。

「まあ、俺に任せれば悪いようにはしないさ。あんたらには、これから世界のために働いてもらわなきゃならねえ」

俺たちは、ミレージュの酒場まで向かった。

◇◇◇

「ベラドンナという女性に会いに来た」

従業員の男にそう言うと、カウンターにいる女性の一人を指さした。カールした深い緑色の髪が特徴的な、清楚な感じのお姉さんだった。酒場で働いているとは思えないほどの清楚っぷりだ。あれじゃあ花屋と勘違いされてもおかしくない。

「あれがベラドンナか。綺麗《きれい》な人じゃないか。あんたらには似合わないくらいに……」

俺がそう言うと、レドットが、

「ああ、そうだろう。だから困ってんだよ。俺たちには、マジでもったいねえ子なんだ……」

「だからといって、他の男に渡す気はないんだろう？」

「ああ、もちろんだ。ベラドンナに近づく男がいたら、許さねえ」

「だったら、もう腹をくくるしかないな」

とりあえず、兄弟にはそこにいてもらって、俺一人でベラドンナに話をしに行くことにする。俺は、ベラドンナの前のカウンター席に座った。

「リム酒《しゅ》を一杯」

適当に、酒を頼む。

「あら、あなた……勇者ロイン様？」

「なんだ、俺を知ってるのか？」

「そりゃあもちろん、この街で知らない人はいないわ」

「そうか……」

ベラドンナは上機嫌だった。

なんだろう……後ろの方から、兄弟の視線を感じる。いや、俺にそんな気はないんだが……。

「アンタ名前は？」

「私はベラドンナ」

まあ、知っているけど聞いた。じゃないと、不自然だからな。

「ベラドンナか……いい名だ。それで、そんなに美人だったら、誰もほっとかないんじゃないか？」

「またまた、ロインさん。口説こうたって無駄ですからね」

いや、別に俺は口説く気はないんだが……。ただ兄弟のことを聞き出そうとしているだけなんだけど。おかしいなぁ。だが、これはいい話が聞けそうな感じだぞ。

「ということは、誰か心に決めた相手がいるのか……？」

「そういうわけじゃないんだけど……。気になってる常連さんがいるの……不器用なね」

お、これはビンゴじゃないか？

ベラドンナのほうも、兄弟のことを意識しているってことか……!?

「ほう、だったら……気持ちを伝えたらどうなんだ？　相手も、きっと気になっているに違いない。だって、それだけ美人なんだからな」

「ふふ……ロインさんはお上手ね。だけど……そう単純な問題じゃないのよ……」

まあ、兄弟は二人だからな……。ベラドンナにその気があったとしても、どちらかに決めかねているということもあるのだろう。一妻多夫というのも、ありかもしれないが、彼らがそれをどう考えているかはわからないしな。

「じゃあ、相手が気持ちを伝えてきたら、どうするつもりだ？」

「そりゃあ……ね。考えると思うわ。そのときは真剣に」

「そうか、それが聞けてよかった」

「え……？」

俺は、その場から立ちあがり、兄弟の方へ歩いていった。そして、彼らをベラドンナの前に引きずりだした。

「って……えぇ!?　レドットとドレット……!?」

「「や、やあ……ベラドンナ……」」

二人は照れくさそうに、おんなじ顔をしてみせた。

「さあ、二人とも、頑張れ……！」

俺は兄弟の背中に、ドンと平手で気合を入れた。

「「ベラドンナ……お、俺と……付き合ってくれ……！」」

「はぁ……もう、二人とも……いったい何年待たせる気よ……」

お、ベラドンナのほうもまんざらでもなさそうだぞ……!?

「わかったわ……」

「「じゃ、じゃあ……俺と……!?」」

しかし、どっちと付き合うんだ……!?

兄弟は、お互いに顔を見合わせて、威嚇しあった。

「「おい、俺が付き合うんだ……！　俺がベラドンナと結婚するんだ……！」」

これは、収拾がつかないな……。ベラドンナにスパッと決めてもらわないと。

「私は、どっちとも付き合います……！」

「「え………？」」

お、これは……思い切った発言だなぁ。

「だってだって、二人とも、たくましくって大好きなんだもん～!!!!」

「「「えええええええ!?!!?!?！　そ、そうだったのかああああ!?!?!?！」」」

これには俺もびっくりだ……。まさかベラドンナもそれだけ兄弟を想っていたなんて……。まあ、一妻多夫も、一夫多妻と同じく、都会では珍しいことではない。女性でそれをする人は、あまり多くないというのもあって、やっている人は少ないが……。

それにしても、まさか両想いだったなんてな……。いったいこいつらの悶々《もんもん》とした日々はなんだったんだ？　もう勝手にしてくれって感じだな……。

「なあベラドンナ……なんで今まで言い出せなかったんだ？」

俺は、気になってそう聞いた。

「だってだって……二人を選ぶことなんてできないし……。それに、そんなこと言いにくいじゃない……」

まあ、女性から二人ともと付き合うなんてのは、言いにくいという、世間の風潮もあるか……。それに、好きすぎるあまり、気持ちを確認するのが怖いっていうのもあるんだろうな。

幼馴染ゆえのもどかしさってやつか。それが、第三者である俺の介入によって、こうもあっさり解消されるとはな。俺としては、なんだったんだこいつらって感じだが……。

まあでも、本人たちが幸せならオッケーです。

「しばらく付き合って……それで、最終的にどっちと結婚するかを見極めます！　それまで、お試し期間ということで……！　も、もしかしたら……選べなくて二人とも結婚するかも……だけど……！」

「「わ、わかった……！　負けないぜ……！」」

兄弟はお互いにバチバチと火花を散らし合った……！

なんなんだマジでこの三人……。

もう三人で結婚しろよ……。

と、呆れる俺なのであった。

◇◇◇

で、俺たちはまたアルトヴェール領に戻ってきた。ベラドンナも一緒だ。

彼女はミレージュの酒場を辞め、アルトヴェール領で酒場を開くことになった。アルトヴェール領にはたくさんの商人や兵士が、今後もどんどん集まってくるから、酒場の需要はいくらでもある。

ベラドンナは前から自分の店を持ちたいと思っていたらしく、ちょうどよかったそうだ。それに、兄弟ともずっと一緒にいられるしな……。

ガントレット兄弟は、初めはベラドンナを取り合ってずっと威嚇し合っていたが……。作業が始まると、まるで子供のころに戻ったかのように仲良くなりだした。二人とも、レアドロップ素材に目を輝かせて、夢中だ。

「おい、弟よ！　そっちの素材を取ってくれ」

「ああ、わかった！　俺はこっちの素材を担当するから、兄者はこれを頼む……！」

兄弟が力を合わせたら、ものすごいパフォーマンスを発揮した。

これなら、全然間に合いそうだ……！

そんな二人の姿を、ベラドンナは愛《いと》おしそうに見つめている。

「ふふ……私はね、ああいう二人の姿が、昔っから大好きなの。ありがとうね、ロインさん」

「いや……俺は別に何も……」

実際、俺はちょっと掛け違えたボタンを修正しただけだ。もともと、この幸せな姿を形作っていたのは、彼ら自身だ。

でも、俺もよかったなぁと思う。

アルトヴェール領には、もっとこういう景色が増えてほしいな。そう思う俺なのであった。

◇◇◇

後日、ガントレット兄弟から呼び出され、行ってみると……。

「おいロイン、このルナティッククリスタルだがな……」

「ああ……」

兄弟はルナティッククリスタルを手に持って、俺にものすごい剣幕で迫ってきた。まるで、世紀の大発見をしたかのように、大げさな雰囲気だ。

「これはとんでもない性質の素材だぞ！」

「そんなにか……!?」

「俺から説明しよう……」と、話者はレドットからドレットに変わる。

こうして、白シャツで素面《しらふ》でいると、兄弟どちらもあまり見分けがつかないが。それに、最近は同じ工房に籠《こも》っているから、余計に似てきている。

まあ、それは置いておいて。

「このルナティッククリスタルは、魔力に対して、特殊な反応を見せる」

「へぇ」

そう言って、ドレットはクリスタルに魔力を込めた。

ていうか、こいつら魔力も扱えたんだな……すごい、さすがはガントレットの血筋だ。

「ほら」

すると、クリスタルは透明だったのから、真っ赤に変わり……。水晶ではなく硬い岩のような性質へと変化した。

「これは……!?　どういうことだ……!?」

「ああ、どうやらこのルナティッククリスタルは、魔力を込めると、それに応じて硬度を増す性質を持っているらしい」

「なるほど……それが、どうすごいんだ？」

「これは、魔力を込めれば込めるほど、硬度を増す」

「ていうことは……」

「そう、魔力さえ足りれば、最強クラスの防具ができるというわけだ」

「おお……!!　!!」

これは驚いた。まさかルナティッククリスタルにそんな秘密があったなんて。

「しかも、魔力を込める前の、クリスタルの状態なら、加工もしやすい。これは、今までにないほどの最高の素材だぞ！」

「じゃあ、量産も可能なのか……？」

「まあな。だがそれには魔力が足りない。俺たちだけだと、クリスタルの全部を変化させるほどの魔力にはならないんだ」

「なるほどな……」

まあ、大量の防具に必要な分の魔力を入れていくとなると、骨の折れる作業だろう。魔力は寝ないと回復しないし、時間もかかりそうだ。

「ということでだ、ロイン。あんたも手伝ってくれるよな？」

「あ、ああ……まあ……そうだな。できるだけやってみよう」

◇◇◇

ということで、俺も時間のあるときに、工房へ来て出来上がったクリスタル製の防具に、魔力を入れていくことになった。

俺も昼間は襲撃に備えて、魔力を残しておかなければならない。だから、寝る前に工房へ通うことになる。

「はぁ……けっこう体力を奪われる……」

魔力をすっかららかんにされて、俺はくたびれて寝室に帰る。もともと魔力ゼロだったわけだけど、あるものを抜かれるのと、元からないのとではまた話が違う。

「ねえ、ロイン。最近ご無沙汰《ぶさた》じゃない……？」

と、クラリスが俺に絡みついてくる。

「ダメだ……俺はもう疲れてるんだ……寝かせてくれ……」

俺はそう言いながら、ふらふらとベッドへ向かう。

しかし、後ろからぞろぞろとみんながついてくる。

「ロイン！　私も寂しいぞ……！」

「そうだよ！　ロイン成分が不足してるんだけど……！」

と、ドロシーとカナンも後ろから覆いかぶさるように、俺にまとわりついてくる。困ったな……。

「もう、みなさん。ロインさんは疲れてるんですから、わがままはいけませんよ。今日はみなさん、それぞれの部屋に帰ってください」

と、サリナさんがみんなを制した。

「っちぇ……しょうがないにゃあ……」

と、みんなぞろぞろと部屋を出ていく。

「ありがとうございます、サリナさん。助かりましたよ」

サリナさんはみんなのリーダー的存在、というわけでもないんだけれど……。なんだか、サリナさんの言葉にはみんな納得させられてしまうらしかった。正直、サリナさん以外のやつらは中身が子供だから、助かる。

「ロインさん、私が、疲れを癒《いや》してあげますよ……？」

と、サリナさんが俺に近づいてきた。まさか、これを狙って……!?

「え、ちょっ……待って！　俺、今日はムリだから！　ほんとに！」

「大丈夫、わかってますよ。マッサージをするだけです。私に全部、任せてください。ロインさんは、そこに寝ているだけでいいんですよ？」

「え、ちょっと……ひゃああああああああああああ!!　!!」

俺は、サリナさんから秘密のマッサージを受けた。サリナさんに、たくさん癒されて、疲れもだいぶマシになった！

そのおかげで、俺はぐっすり眠ることができた。

ただ、朝起きたときにサリナさんが俺のベッドに潜り込んで、とんでもないことをしていたのには、ちょっとばかり驚いたけれど……。

それでも、こうやって俺を支えてくれるのは、本当にありがたかった。

◇◇◇

しばらくして、ようやく予定数の装備が用意できた。ルナティッククリスタル製の鎧に、各種武器。そろそろクリスタルが尽きかけてるから、また奈落に行ってとってこなくちゃな。

まあ、それはそれとして……。今ある鎧のほとんどは、魔力をすでに通して、硬くしてある。

これで、当面の間営業できそうだ。

「よし、じゃあ冒険者ギルドを、いよいよ動かしていこう」

そして、アルトヴェール領に、初めての冒険者ギルドが誕生した。受付嬢も何人か雇ってある。

その受付嬢たちの教育係は、もちろんサリナさんだ。

さらに、ギルド内には、酒場が併設されている。内装は、ギルドラモンのギルドを参考にした。

酒場のカウンターには、もちろんベラドンナが働いている。

「おお……理想の形だ……」

俺はその風景を見て、満足して笑みを浮かべる。

まだ冒険者の数は少ないが、それはこれからだ。とにかく俺の思い描いていた通りに事が進行した。

レドットとドレットの兄弟も、しょっちゅう酒場に休憩に来るようになった。まあ、しばらくは仕事も落ち着くから、別にいいけどな……。

「ロイン、あんたのおかげだよ。俺たちは仲直りできたし、ベラドンナとも上手くいっている」

「まあ、それはこっちこそだ。あんたらのおかげで、こんなに早く装備が調えられた」

俺たちは、互いに感謝の言葉を述べた。

だが、まだまだこれからが踏ん張りどころだ。

といっても、俺にできることは、レアドロップの補充くらいなのだが……。

◇◇◇

貸出装備は、俺の予想以上に、盛況を博した。

「うおおお！　ロインさん、本当にこれ、借りていっていいんですか……!?」

「ああ、もちろんだ。その代わり、報酬は少し減るがな」

俺は新米冒険者に、武器の使い方などを教える。

あとは、強敵と戦う注意点も。武器や防具を手に入れたからといって、使い手次第で、その明暗は大きく分かれる。いい防具を着けていても、打ち所が悪ければ死に至るし。攻撃の仕方が下手なら、一発も当てられずに、苦戦することになる。

まあ、その辺、俺は徐々に強敵と戦って鍛えられたから、これまで無事にやってこれたのだろう。それに、個人個人の素質というものもある。俺は、なりふり構っていられなかったし、死ぬ気で戦ってきた。だから、今がある。でも、いきなり強い武器を手にした冒険者が、どうなるかはわからない。

だから俺は、その辺を念押しして伝える。

「大丈夫ですよ、ロインさん！　この武器なら、ぼくでもきっと……倒せます！」

「ああ、そうだな。だが、くれぐれも油断するなよ……！」

「はい……！」

俺はこうして、毎日何人もの冒険者を送り出した。そろそろレアドロップを掘りに行きたいが、立ち上げは最初が肝心だからな。しばらくは、こうしてちゃんと、俺がこの目で見届けたい。

そこにちょうど、冒険から帰ってきたやつらがこっちに向かってくる。

「ロインさーん……！　ただいま戻りました……！」

「おお、お前たちか……。無事でなによりだ」

冒険者の無事こそが、俺の一番重要視していることだ。

武器や防具はまた作れるが、命だけはそうはいかないからな。

「ロインさん、この貸出制度、すごいですよ！」

「ほんとか！」

「ええ、この装備、本当にいいです！　僕たちでも、今まで倒せなかったような敵を倒せました……！」

「それはよかった。でも、報酬に不満はないか？」

「そんな！　不満なんてありませんよ！　だって、今までだったら挑戦すらできなかったようなクエストですからね。僕らには、多すぎるくらいの額ですよ！」

「そうか、そりゃあよかった」

というふうに、冒険者たちはよくやってくれているようだ。

こうやって、強い敵と戦い、強いクエストをこなしてもらう。そうすることで、このアルトヴェール領を拠点にする冒険者たちは、どんどん場数を踏んで、どんどん強くなる。そして、最強の冒険者軍団が誕生するのだ。そうすれば、魔王軍など怖くもない……！

しかも、俺の冒険者ギルドの収入も、早くも他のギルドに肉薄するほどだ。なにせ、高難易度のクエストばかり受けることができるからな。強敵と戦うことを望んでいる冒険者は、どんどんアルトヴェール領に移ってきている。

まあ、中にはそんなキツイクエストはごめんだという者もいるから、そこは棲《す》み分けできそうだ。

しかも、冒険者たちは、多すぎるクエスト報酬をどんどん酒場に落としてくれる。だから、俺のギルドは金銭的にもかなり儲かっていた。中には、儲けた金で、貸出装備を買い取るやつもいた。

「よしよし、俺の思った通りに進んでいるな……！」

そんなとき、ガントレット兄弟から、追加でルナティッククリスタルを仕入れてほしいと言われた。

「ロイン……悪いが、また頼めるか？」

「ああ、お安い御用だ」

また奈落に潜って、クジラを倒せばいいだけのことだ。今度は、複数倒せばいいだろう。

「よし、じゃあ……クラリス、カナン、ついてきてくれるか？」

「うん！」

「もちろん……！」

ドロシーは民衆をまとめたり、行政のことをやってもらったりと、いそがしくしているのでお留守番だ。サリナさんも、もちろん戦ったりしないし、受付嬢の仕事もあるから、お留守番。元勇者パーティの連中には、いざというときのため、アルトヴェールの防衛をお願いしてある。

というわけでまた、俺とクラリス、カナンのいつものパーティで、奈落へと転移することにする。

あ、でも……その前に。

「久しぶりに、ギルドラモンの街に寄るか。あれから、復興がどうなったかも知りたいしな」

「そうだね……かなり、街が壊れちゃってたからね」

そんな感じで、俺たちはギルドラモンへと転移した。

まさか、あんなことになっているなんて知らずに――。

7　嵐の前

俺たちが転移でギルドラモンを訪れると、すぐに人だかりができてしまった。まるで待ち伏せでもされていたかのように、次々と人が寄ってくる。なんだか前にも増して、活気がある気がする。

「ロインさん……！　おかえりなさい！　あんたはこの街の英雄だよ！」

「英雄ロインのご帰還だ！　ここはあんたの第二の故郷だからな！　いつでも来いよ！」

「おうロインさん！　うちの店によってくれ！　サービスするよ！」

などと、みんなして俺を持ち上げる。いったいどういうことなんだ……？

「ちょっと待ってくれ……状況がいまいちのみ込めないんだが……」

俺がうろたえていると、一人の男が説明を始めた。

「ロインさん、俺から説明するよ」

「あ、あんたは……！」

説明をしてくれた男は、以前のベヘモス戦で、俺たちが救った冒険者だった。

そうか、元気でやっているみたいでよかった。

「この街は、ロインさんのおかげでベヘモスから救われた……」

「ああ、まあ……そうだな」

ベヘモスがここに来たのも、元はと言えば俺がこの街にいた所為《せい》でもある。だから、そこまで感謝されるのも、申し訳なく思うなぁ。

幸い、クラリスの活躍もあって、死傷者は出さずに済んだが……。建物などの損害が大きかったし……。でも、見たところ、もうすでに復興はほぼ終わっている感じだった。

　というかむしろ、いろいろと街が豪華にすらなってそうな気がするんだが……俺の気のせいだろうか。

「それに、ロインさんが残していってくれたベヘモスのドロップアイテム、あれがすごかったんだ……」

「ああ、そういえば……そんなのあったな」

　俺は、ベヘモスのレアドロップアイテムを確認さえせずに帰ったからな。あれからなにがあったのかは、さっぱりだ。

「それで、そのドロップアイテムはなんだったんだ……？」

　街がこんなに活気づくほどのものだったのだろうか。

　あ、そういえばこれも忘れていたが……俺の運のステータス、９９９９になったんだったな……。レアドロップアイテムにも、その恩恵があったのだろうか……？　その辺も未確認なままだ……。

　俺はここしばらく、魔王軍やギルドのことばかり考えていたから、すっかり抜けていた。

「そうそう、そのベヘモスのドロップアイテムですがね、これです。見てくださいロインさん」

「ああ、見させてもらう」

　俺は、男からそれを受け取った。

《ベヘモス・ハート＋＋＋《プラストリプル》》

レア度　★77
ドロップ率　？？？
説明　高熱を発し続ける赤い宝玉。

「おお……なんだかすごそうだ……」

ベヘモス・ハートというらしいその宝玉は、魔力を通すと、それに応じて熱を帯びるというものだった。それだけでなく、素材アイテムとしても使えるそうだ。

この、＋＋＋《プラストリプル》というのはなんだろうか……？　通常の素材よりも、価値が高いだろうということはわかるが……。まさか、運999による恩恵なのだろうか。だとしても、通常のベヘモスハートを知らないから、まだよく違いがわからない。

まあ、それはいずれ、他の素材をとっていけば、わかることだろう。

「で、これがどうすごいんだ……？」

ただこれだけでギルドラモンがここまで活性化したというのは不思議だ。まだあれから、それほど時間はたっていないはずなのに……。

「それがですね、このベヘモスハート。いろんなものに使えるんです！」

「ほう……」

「例えばですね、温泉ですよ、温泉！」

「温泉……!?」

そういえば、さっきから街のあちこちで、煙が立っている気がする。なるほど、街に活気があるように感じられるのは、観光客のせいか。

「このベヘモスハート、魔力で適切な温度に調整するだけで、温泉が簡単に作れてしまうんです！　しかも、これで作った温泉には、滋養強壮《じょうきょうそう》効果や、攻撃力の一時アップ効果なんかもあって、冒険者にも人気なんですよ……！」

「へぇ……そんな使い道があるのか……」

今までの素材は、武器や防具に使うことしか考えてこなかったけど……。素材の持つ性質を活かして、商売を始めるなんて、さすがはギルドラモンの人たちはユニークだな。

それは間違いなく、俺だけの功績ではなく、彼ら自身の工夫による復興だと言える。

「それに、温泉だけではないんですよ！」

「え……？　まだあるのか」

「熱を放出する性質を利用して、いろんなものにエネルギーとして使えることも、期待されてるんです」

「へえ……なんだか難しそうでよくわからないけど、そりゃあよかった」

「なんでも、街の研究者たちが今こぞって研究してるんですよ。蒸気……だとかなんだとかってんで……」

「なるほどな……まだまだ可能性のある素材だってことだ」

ベヘモスがこの街に与えた恩恵は、かなりのもののようだ。損害ばかりだと、俺も申し訳なかったところだが、これならまあ、俺としても気が楽だ。

「それから、やっぱり装備の素材としても、稀に使用されていますね。それはまあ、もったいないので、かなり高価で取引されていますが……」

「まあ、温泉にしたほうが儲かるだろうしな……」

「ですです。あ、そうだ……ロインさんもいくつか持って帰ってくださいよ。温泉、作ってみてはどうです……？」

「ああ、そうだな……。なら、もらっていこう。でも、いいのか……？　そんな貴重なものを」

「なにを言ってるんですか！　元はと言えばロインさんのドロップアイテムじゃないですか！」

「ああ、ありがとう」

もっとも、元はと言えば、俺がベヘモスを呼び寄せたわけなんだけどな……。でも、くれると言うならもらっておこう。

その後も、彼らから手厚い歓迎を受けた。もちろん、温泉にも入らせてもらった。俺は、クラリスとカナンと、貸し切りで混浴を楽しんだ。

◇◇◇

「それで、ロインさん。市長がお会いしたいと……」

「ああ、わかった」

温泉から上がった俺たちは、市長に呼ばれ、街の中心部へ。

「いやぁ……ロインさんには感謝してもしきれませんなぁ。このギルドラモンの街に、莫大《ばくだい》な富をもたらしてくれた……！」

「そんな、大げさな……」

「それでですね、それを称《たた》え、我々……こんなものを用意しました」

「え……………？」

そして市長が合図すると……。街の中心部の広場に置かれた、作りかけの銅像。その幕が下ろされ、銅像がその姿を現した。

「じゃーん！　ロイン像です！」

「ロイン像……!?」

まさか、これはなんの冗談だ……？　ギルドラモンの街の中心部の広場に、俺を象《かたど》った巨大な銅像ができている……だと!?

「どうですロインさん。よくできているでしょう？」

「ああ……そうだけど……これはちょっと……」

俺としては、なんて反応したらいいかわからない……。うれしい……というか恥ずかしさのほうが勝ってしまう。

だが、カナンは無邪気に、

「うわぁ！　すごいよロイン！　私の故郷の街に、ロインの像があるなんて……！　なんだか誇らしい気分だ……！」

「えぇ……そ、そうかぁ……？」

まあ、喜んでいるようでよかったが……。

「ロイン、ミレージュだけでなく、ギルドラモンでも英雄になっちゃったね……」

クラリスだけは俺と同じく、呆れたような困ったような表情でため息をついた。

とまあ、こんな感じでギルドラモンでの滞在は、妙なことばかりだった。

「じゃあ、ルナティッククリスタルをとって、さっさと帰ろうか」

「そうだね……」

「うん！」

その後俺たちはルナティッククリスタルを、予定通りに集めた。

宙クジラ三頭分のクリスタルをアイテムボックスに詰め、帰還する。

《ルナティッククリスタル＋＋＋》
レア度　★77
ドロ率　？？？
説明　　通常のクリスタルよりさらに魔力伝導率が高く、硬度も高い上位素材。

◇◇◇

アルトヴェール領に帰還した俺たちはさっそく――、

――温泉を作った。

「やったあああああ!!　!!　アルトヴェール領に温泉ができたぁ！」

クラリスが温泉にじゃぼーんと飛び込む。

そう、ギルドラモンから持ち帰った、べへモスハートを使って、俺たちの城の裏手に温泉を作ったのだ。一般客用のものと、俺たち専用の貸し切り風呂。

俺たちはさっそく、今その貸し切り温泉を堪能《たんのう》しているところだった。ギルドラモンでは他の客もいるし、好き放題というわけにはいかなかったが……。ここは俺のアルトヴェール領、そして城の裏手だ。だから声も出し放題だし、好きに使える。

ということで、俺たちは全員で混浴だ。サリナさん、カナン、クラリス、ドロシー、俺……そしてなぜかモモカとエレナも。みんなで入ると、開放感がすさまじい！

「ロインさん、お背中流させてください」

「モ、モモカ……!?」

俺の背中に、二つの柔らかいものが当てられる。すでに石鹸《せっけん》で体はぬるぬる状態だった。

「じゃあ、私はこっちを……」

エレナが反対側から俺を取り囲む。

「ちょっと！　二人だけずるい！」

「そうだぞ！　抜け駆けは禁止だ！　ロインはみんなのものだからな！」

そこにクラリスとカナンまでやってきて俺を引っ張るものだから大変だ。

「うわぁ……っと！　ちょっと落ち着けお前ら！」

俺たちはもみくちゃになり、石鹸で滑って床に倒れ込む。

「いててて……」

「ちょっとロイン！　そこはダメ……！」

「す、すまん……！」

どうやらクラリスのあらぬところを触ってしまったようだ。みんなで床にぬるぬる状態で倒れ込んでしまった。もはや誰のなにがどこにあるのかもわからないほど、腕や脚が絡みあっている。

「もう……何やってるんですかみなさん……」

サリナさんが上から呆れた顔で見下ろしている。

「さあ、みんなロインの上から退くのだ！」

ドロシーが念力で俺たちを立ち上がらせてくれた。あのままだとぬるぬるで起き上がれなかったからな……助かる。

結局、みんな邪魔だからそれぞれ自分で体を洗うことになった……。

しばらくして、ようやくゆっくりと湯舟に浸かる。

「はぁ……こうしてロインさんと温泉に浸かっていると、夫婦になった感じがします……」

「まあ、俺……普段は冒険に出てばっかりですからね……」

「そうですよ。たまにはこうしてゆっくり休まないと……」

と、俺とサリナさんはゆっくりと大人の時間を過ごしたかったのだが――。

「こらぁ！　待てぇ！」

と、クラリスは温泉の中をバシャバシャとはしゃぎ回っている。

そして、それに追いかけられているのはカナンだ。

「ははは－！　待つものかぁ！　逃げろ逃げろ！」

カナンは温泉の中を、バシャバシャと歩き回る。まったく、風情《ふぜい》というものが皆無だ、こいつら。

そしてドロシーは、

「食らえー！　ウォーターボール！」

念動力で水を飛ばして、カナンやクラリスにちょっかいをかけている。なんだこのお子様たちは……。

「はぁ……お前たちちょっとは景色を楽しんだりだなぁ……」

ここは露天風呂になっていた。城の裏手は少し小高い丘になっているので、見晴らしもいい。

「まあまあ、いいじゃないですか、賑やかで。子供たちみたいです」

「いやぁ……あいつらも嫁のつもりなんですけどねぇ……」

俺とサリナさんだけは、疲れがとれた。

モモカとエレナはずっと俺になにかしようとしてくるので先に上がらせた。まったく、油断も隙もないやつらだ。

他の馬鹿三人は、体力を消耗したようで、風呂上がりにぐったりと寝転んでいた。

「よし、じゃあ俺はルナティッククリスタルの様子を見てくるよ」

「はい、いってらっしゃい、ロインさん」

◇◇◇

俺は工房に向かった。帰ってすぐ、温泉を作る前に、ルナティッククリスタル＋＋＋を、工房に預けておいたのだ。そろそろ、どうにかなっているころだろう。

「おーい、ガントレット兄弟」

「おお、ロインか。このルナティッククリスタル＋＋＋はすごいぞ！　本当に！」

「お、マジか……」

なんでも、通常のルナティッククリスタルよりも少ない魔力で、さらに硬くできるそうだ。これなら、俺の魔力を使わなくても大丈夫らしい。よかった……また体力を搾り取られての禁欲生活はごめんだ……。

「じゃあ、これでかなり大丈夫そうなんだな？」

「ああ、もう当面の間は、ルナティッククリスタルには困らないだろう」

よし、貸出装備はこれで完璧だ。あとは冒険者たちの技量も、それに伴って上がっていけばいい。

そうすれば、俺の最強ギルドの完成だ！

そのときだった――。

「うわああああああ!!　!!　敵襲敵襲!!　!!」

「…………!?」

突然、外からそんな声が聞こえてきた。

俺はいつ何時《なんどき》、魔王軍が現れてもいいように、そういった備えもしてあった。敵が現れれば、すぐに領内のどこにいても、わかるようになっている。

しかし、なにも前兆などなかったように感じるのだが……。

俺はとりあえず、声のした方へ転移してみる。

「なにがあったんだ……!?」

「あ、ロインさん！　それが……あれを見てください！」

見張り兵の一人が指さしたのは、アルトヴェール領に広がる草原。その向こうから、なにやらドタドタと、四足歩行の魔物の群れがやってくるではないか。

――ドドドドドドドドドド。

「あ、あれは……⁉　サンセットポーク……⁉」

【サンセットポーク】――豚の魔物だ。家畜として飼われている豚とは違って、非常に巨大で狂暴。その名前は、その毛並みの色からそう名付けられたらしい。

「まったく……美味《うま》そうな名前だ」

俺は思わず、お腹《なか》を鳴らす。

「しかし……あちらの方向には森などなかったはずですが……いったいあの豚どもはどこから……？」

「まあ、それはどうでもいい。とりあえず倒すしかないだろう。このままだと、街に入ってきてしまう」

アルトヴェール領の街、アルトヴェール――そこにはすでに、多くの人々が暮らしている。それを護るのも、領主である俺の役目だ。

俺は転移で草原へ。

そして――。

「極小黒球《グラビトン》――‼ ‼」

魔法を唱えた。

極小黒球《グラビトン》――それを唱えると、目の前に真っ黒な球体が出現する。

そして――。

――ズキュウウウウン!!　!!

――ズリュリュリュリュリュリュ!!　!!

サンセットポークたちは、その黒球に吸い込まれるようにして、集められる。この魔法は、周りのモンスターや物体を、その地点に集める魔法だ。こうすることで、敵を一網打尽にするのだ。

「火炎龍剣《ドラグファイア》――!!　!!」

俺はそれをいっぺんに、剣で丸焼きにする!!　!!

――ズシャアアア!!　!!

これで焼き豚の完成だ。

「ふぅ……」

なんということはない。俺にとっては大した魔物ではない。だが――。

「あ………？」

豚たちの死骸から、大量のドロップアイテムが噴射した。

これって、止めることできないのか……!?　俺が敵を倒すと、どうしてもアイテムが出すぎてしまう。これは要対策だな……。

アルトヴェール領の草原が、豚のドロップアイテムでいっぱいになる。俺はそれを、必死にアイテムボックスで集めていく。

「えーっと……」

《サンセットポークの肉＋＋＋》
レア度　★44
ドロップ率　？？？
説明　サンセットポークの高級部位を集めた肉塊。

「おお…………!!　これは今日はみんなで宴会だなぁ……」

まさか、大量の高級肉が手に入るとは……。レアドロ様様だなぁ。こんな使い道もあったなんて。

その晩は、みんなで焼肉パーティーを楽しんだ。もちろん、アルトヴェール領のみんなでだ。肉はいくらでもあるんだし、大盤振る舞いだ。

「さすがはロインさん！　気が利くねぇ！」

「くうぅ！　無料でこんないい肉が食べられるなんて、領主様は最高だ！」

「引っ越してきてよかったぜ！」

アルトヴェール領の僻地《へきち》に住む農民の人たちにも、ちゃんと分け与える。うーん、久しぶりに領主らしいことができた気がするぞ！

「ロインさん！　こんな美味い肉、初めて食べましたよ！」

「本当だ！　これならいくらでも食べられるぜ……！」

アレスターとゲオルドも満足そうに肉に食らいつく。こいつらは日頃クエストで疲れてるから、たくさん食わせてやりたいな。他の冒険者たちも、みんな腹一杯お肉を平らげた。

でも……なぜ草原に豚があんなにいたんだろうか……？　俺の中で、その疑問だけがいつまでもしつこく、豚の脂のように残っていた――。

「うおおおお！　肉をよこせ！　肉ぅ!!!!」

カナンが俺の皿に、手を伸ばす。

「うわ！　馬鹿！　お前！　自分の分があるだろ！　いくらでもあるんだから！」

そのせいで、俺の服に脂が飛び散る。

「あーあ……もう！　ロインさん、洗濯しますので、脱いでください」

「って……サリナさん、ここで脱がさないで……あーー!!!!」

と、まあそんな感じで大騒ぎをしたわけだ。みんな酔っぱらい、もう訳がわからない。俺はいつのまにか、豚への疑問なんて忘れてしまっていた。

俺の知らないところで、とんでもないことが起きているとも知らずに……。

◇◇◇

その日の夜中、事件は突然起きた。

大きな警報の音とともに、叩き起こされる。

俺はてっきり、この前のベヘモス戦のときのように、巨大なモンスターでも現れたのかと思った。

しかし、そうではないらしい。

この警報の大きさからして、物事はかなり緊迫した状況にある。俺はあらかじめ、危険度を警報の大きさである程度わかるように決めておいた。

警戒レベルＳＳＳ——最大危険度だ。

「まさか……魔王……!?」

だが、そんなことがあるだろうか。いきなり魔王級の敵が現れるなんて。今までは、魔界からの敵は、数も脅威も限られていた。

それは、魔界からのゲートを通れる魔力量が決まっているからだ。通れる魔力量は、日に日に増えていくが、それでも一回通れば、また補充する期間が必要になる。

まあ、それは今までの事象を踏まえたうえで立てた仮説に過ぎないが。とにかく、ベヘモス出現からしばらくなにもないことを考えても、それは正しいだろう。

ではなぜ、今回急にこのような大騒動が起こっているのだろうか。これにはなにか、秘密があるはずだ。まだ魔界のゲートが開いて、次の強敵が現れるまでには時間があるはずなんだ。

「おい、みんな起きろ……！」

「うん……なに？　ロイン……」

「むにゃあ……」

俺はクラリスとカナンを叩き起こす。こいつらには戦ってもらわないといけないからな。

サリナさんとドロシーも起こして、避難させる。ドロシーにはサリナさんを護ってもらうように言ってある。一応ドロシーも戦闘能力がないわけではないからな。

そして俺たち戦闘員三人は、城の廊下へ出て、状況を確認する。

「あ、ロインさん……！　大変です！」

「なにがあった……！」

途中で出会った兵士に話を聞く。みんな血相を変えて、逃げると同時に戦いの準備を進めている。これは周りの反応からしても、ただ事ではない。

「それが……見てください……！」

「ん……？」

俺は彼に連れられて、城の窓から身を乗り出す。すると、昼間サンセットポークを倒した草原が見えた。

そして、そこには大量の——おびただしい数のモンスターたち。

まだかなり距離はあるが……無数のモンスターたちが、サンセットポークが現れたのと同じ方角からやってきているではないか……！

「あ………が………な、なんだこれ………」

あまりの軍勢に、俺は言葉を失う。まるで、魔物の海だ。海——海が俺の城に向けて、迫ってきている。

なるほど、昼間サンセットポークたちが森の方からはるばる草原を抜けて、このアルトヴェール領になだれ込んだのは、そういうことだったのか。モンスターたちに追われ、逃げてきた……というわけか。

だが、だとしても……あの大量のモンスターたちはどこから……？

「くそ……！　これはマズイな……。とりあえず、非戦闘員の避難を優先してくれ。転移石を使えば、なんとかなるはずだ」

「はい、ロインさん。それでしたら……すでに冒険者ギルドのギルド長が率先して進めています」

「そうか……ありがたい……！」

アルトヴェール領のみんなは、領主の俺が言うのもなんだが、本当に優秀だ。俺が駆け付ける前に、もうそこまでしてくれているのか……。冒険者ギルドのギルド長か、あまり直接交流があるわけではないが、また今度、礼を言いに行かないとな。

「それから、戦えるやつらは草原へ向かってくれ……！」

「それも、すでにみんな向かっています！　起きた者から順に、自ら率先して」

「さすがだ……！」

本当に優秀な仲間たちだな……。だが、これこそ俺が今までやってきたことの積み重ね。そのかいがあったというものだ。

貸出装備と、それから冒険者ギルドの設立。それによって、今このアルトヴェール領には、かなりの数の戦闘員が滞在している。

しかも、みんなガントレット兄弟が作ったルナティッククリスタル製の装備を使いこなせるレベルにまで達している。

まさに備えあれば憂《うれ》いなし。

俺の作戦通りだ。

「よし、俺たちも草原へ行くぞ……！」

「はい……！」

「そうだね」

「よおし、私が全部倒してやる！」

話を教えてくれた兵士と、クラリス、カナンを連れて、俺は草原へ転移した。

◇◇◇

草原には、冒険者と兵士たちが、一直線にずらっと並んでいた。アルトヴェールの街を護るようにして、壁のようになって。まるで人間の壁だ。

彼らを率いるようにして、元勇者パーティの四人が先頭に立っている。

そして草原の向こうには、モンスターの海。

モンスターの海と、人間の壁の戦いだ。

「これだけ冒険者がいるんだ……！　大丈夫、俺たちは勝てる！　みんな、力を貸してくれ！」

俺はみんなの前に立ち、そう鼓舞する。

「うおおおおおおおおおおおおおおお!!　!!」

冒険者の壁が、雄叫《おたけ》びの合唱をする。それが波となって伝わり、俺たちの士気がぐっと高まる。

俺たちはアルトヴェール領で、こぶしを交え、談笑を楽しみ、酒を交わしあった、仲間なんだ。

「俺たちの街を護るぞ！」

「ロインさんへの恩を返すんだ！」

「この街に新居を買ってしまったんだ！　負けるわけにはいかねえよ！」

「俺はアルトヴェール領が大好きなんだ！　ロインさんがいるからな！」

「はっは、温泉もタダだし、肉もタダ。こんな街は他にはねえよ！」

「そうだそうだ！　俺の妻もこの街に移り住んでんだ。絶対に負けるかよ！」

「大丈夫、俺たちには他ならぬロインさんがついているんだ！」

「ロインさんが与えてくれたこの武器で、絶対に勝ってみせる！」

俺の一言に、みんながそれぞれにそんな反応を返す。本当に、頼もしいの一言に尽きる。

そしてアレスターが仲間たちに振り向いて、言った。

「俺たちは勇者パーティとして失格だった……。それなのにロインさんは俺たちを許し、チャンスをくれた。今こそそれに報いるときだ！　行くぞ！」

「うん！」「おう！」「もちろん！」

どうやら元勇者パーティの四人も、戦闘準備万全のようだな。

「うおおおおおお!!　!!　突撃ぃいいいいい!!　!!」

「ロインさんに続けえええええ!!　!!」

戦いの火ぶたは、切って落とされた。

——ドドドドドドドドド!!　!!

冒険者たちが一斉に魔物に向かって進行するッ！

その先頭を突っ走るのは、もちろんこの俺だ——。

「剣撃分身《デュアルウェポン》——!!」

俺はスキルを発動する。剣撃分身、剣を二倍に分身させる技だ。効果時間は約十分。一日に使える回数は五回ってとこか……つーかこれが限界。

そして――。

「火炎龍剣《ドラグファイア》――!!　!!」

剣が二倍になっているから、威力も範囲も二倍だ！

――ゴオオオオオオオオオオオ!!　!!

俺はモンスターの大群を、炎で焼き払うようにして蹴散らす！

だが、これだけ大量にいるとキリがない。しかも中にはアンデッドモンスターもいて、倒すなりすぐ復活してきやがる。まさにモンスター地獄だ。

アンデッドだけじゃなく、他のモンスターも、次から次に湧いてきて、一向に数が減っている気がしない。

「くそ……いったいどこから湧いてきているんだ……!?」

◇◇◇

とりあえず、俺はモンスターの大群の中に斬って入っていって、草原の中央部分で戦っていた。

俺は特に戦闘力が高いから、敵の全体量を削る役割だ。まあ、それでも全然減っていないように感じてしまうくらい、敵が多いんだが……。

クラリスと、カナン、アレスターたち、それから他の冒険者たちには、街の防衛を頼んでいる。

壁状に並んだ冒険者たちが、そのままの陣形で、前線を徐々に押し上げていく感じだ。そうすることで、確実に街を護ることに徹する。

街の外壁の前で戦えば、上からの狙撃もできるしな。それに、補給も簡単だ。攻めていくより、護りに徹したほうが、消耗は少ない。

余ったスキルブックを、いくつか冒険者たちに支給してあるから、中にはかなりの手練れもいる。まあ俺ほどではないにしろ、みんな他の街の冒険者とは比べ物にならないくらい強い。

そのはずなんだが……。

「なんで一向に敵が減らないんだ……⁉」

もう一時間は剣を振り続けている。

それでも、敵はとどまるところを知らない。むしろ、全体としては増えているような気さえした。アンデッドは夜明けまで持ちこたえれば死ぬから、なんとかなりそうだが……。夜明けまでみんなが戦い続けられるとも限らない。

それに、謎は深まるばかりだ。いったいこのモンスターたちは、どこから来ているのだろうか。俺たちは、今までにない苦戦を強いられていた。ただ敵が強いだけなら、いくらでもやりようはあるが……。敵が無数にいて、終わりが見えない戦いなんて、想定外だ。いつ終わるかもわからないから、うかつに魔力と体力を消耗することもできない。

これだけの軍勢だ、きっと魔界からの敵――なのだろうけど。恐ろしいのは、その前兆がなにもなかったことだ。デロルメリア出現のときは、空がぱっくりと開いて、ヤツが出てきた。べへモスのときもそうだ、アレは稲妻とともに現れた。

しかし、今回はまだあれから日も浅い。それに、大きな天候の変化なんかもなかった。いったいいつの間に……？

これだけの多くのモンスターを、一度に送ってくるなんて、ありえない。

「くそ……埒《らち》が明かない。いったいいつまで戦えばいいんだ……!?」

俺がみんなと距離を置いて戦っているのには、もう一つ理由があった。俺がみんなとともに戦うと、明らかに邪魔になるからだ。

どういうことか――俺が敵を倒すと、望んでいなくても大量のドロップアイテムが噴き出してしまう。そうなると、味方からすれば邪魔なことこの上ない。

だから、今回はもうクラリスやカナンとも距離をとった。

うえええ……孤独ってつらい。

これが強者ゆえの孤独ってやつか……っふ……。

なんて言っている場合ではない。

俺は、倒したそばから、アイテムボックスにアイテムをしまっていく。右手に剣を、左手にアイテムボックスを、だ。だってそうしないと、俺自身戦うのに邪魔だからな。

ただでさえモンスターがうじゃうじゃいて、なにがなんだかわからないのだ。これ以上画面がうるさくなったら大変だ。

もはや、誰がなんのアイテムをドロップしているのかさえわからなかった。

「極小黒球《グラビトン》――!!!!」

俺は定期的に、極小黒球《グラビトン》の魔法を使った。極小黒球《グラビトン》――極小の黒い球を発生させ、そこにアイテムなどを吸収する魔法だ。

力の加減で、アイテムだけを吸収してモンスターは吸収しない、ということもできる。そうすることによって、戦いながらでもスムーズにアイテムをアイテムボックスに収納できた。

俺の左手はまるでドラゴンの吸い込みのように、なんでもかんでものみ込んでいく。

右手から炎の剣を出し、左手でアイテムを吸収する。

今の俺は、修羅《しゅら》のようだった。

「って……あれ……？　なんかアイテムボックスが反応しないぞ……」

急に、アイテムボックスがアイテムの回収をやめた。

どういうことなんだろう。今までにこんなことはなかったのに……。

【アイテムの収納限度数に達しました】

アイテムボックスには、そういうメッセージが表示されていた。

「え……うそ……」

こんなこと、なったことがない。今までどんなアイテムでも、何個でも収納できたはずだ。いったい……今日だけでいくつのアイテムを吸収したんだ……!?

まあ、そりゃあそうだ。これだけ長時間、無限に湧き続けるモンスターを処理していれば、そうなってもおかしくないか……。

「仕方がない。予備のを使おう」

俺は一瞬でその場から転移で、アルトヴェールの街に戻る。そして備蓄してある空のアイテムボックスを何個か手に取る。

アイテムボックスは基本的に、収納用とは別に、新品のものが、何個か倉庫に眠っている。

なぜなら、新規冒険者登録をした者には、全員に配っているからだ。冒険者として活躍するときに、かなり便利なアイテムだからな。なくなれば、また俺がとってくればいいだけだし。

それに、このキャンペーンのおかげでかなりアルトヴェール領に人を呼び込めた。

「よし、じゃあ戻るか」

俺は、アイテムボックスを持って転移する。

元いた草原の中央あたりに、再び舞い戻る。

「ようし、これでポケットの中身は空だ。いくらでも入るぜ？　モンスターさんたちよぅ……」

これで遠慮なく、さらにアイテムボックスをパンパンにできるな。いったい限度はいくつなんだろう……？　収納用のボックスには、五千個ほど入れているものもあるから、少なくとも万ではきかないはずだ。

この戦いが終わったら、かなりのアイテムが飽和するなぁ……。

俺は戻ったついでに、魔力回復ポーションも飲んできたから、体力はばっちりだ。少々高いが、ここはポーションを出し惜しみしている場合ではないだろう。

「さあて、第二ラウンドだ……！」

◇◇◇

それから俺たちは夜中じゅう戦い続け……。

「夜明けだ……！」

「うおお！　これでアンデッドたちが死滅するぞ……！」

冒険者たちは喜びの声をあげた。

ふう……ここまで長かった。さすがの俺も、もううんざりしていた。

だが、これでアンデッドたちが消え去り、敵の数もかなり減るはずだった。

「おかしい……」

日が差してきて、アンデッドたちが復活しなくなった。それなのに、一向に敵の数が減らない。

「それどころか、増えているぞ……!」

いったいこの敵たちはどこから湧いてきているのだろうか。まさに無限に湧き出てくる。このままではキリがない。

本来であれば、夜明けまで持ちこたえれば、なんとかなると思っていたのだが……。どうやらそうでもないらしい。

「これは元を断たないとな……」

こいつらはきっと、どこかから湧いてきているはずだ。だとすれば、その元を断ち切れば、なんとかなるかもしれない。

俺は一度、みんなが戦っている場所へ戻った。

◇◇◇

「みんな、聞いてくれ……!」

「ロインさん……!」

冒険者たちはみんな疲弊していた。当然だ、いくらポーションなどの回復手段があっても、夜中じゅう戦っていたのでは、疲労も溜まる。

それに、終わりが見えていたと思っていた戦いに、終わりがなかったのだ。その絶望感たるや、すさまじいものがある。いったいいつになればこの戦いは終わるのかと、みんなもううんざりしていた。

そんな中、俺が現れたことで、みんなの顔にわずかながら希望の光が差す。だがすまない……なにか解決策があるわけではないんだが……。

「俺は、このモンスターたちの出どころを調べてみようと思う」

「ロインさん……わかりました！」

「だから、みんなもう少し耐えてくれ。俺はいったんこの草原を離れる。それでもいいか？」

「わかりました！　ロインさんに託します！　ここは俺たちに任せてください！」

アレスターは疲れを一切顔に出さずに、俺にそう答えた。

みんな本当は、疲労が溜まっていて、文句の一つも言いたいはずだ。それなのに、こうして俺に笑顔を向けてくれる。

俺を信頼して、問題の解決策を託してくれる。

俺はその期待に応えたい。

俺も、そんなみんなだからこそ、信頼して街を預けられる。

「うおおおおお！　ロインさんが戻ってくるまで、みんなで街を死守するんだ！」

「おおおおおおおおおお!!!!」

アレスターの声を皮切りに、冒険者たちはこれが最後の踏ん張りどころだとばかりに、再度奮起した。

「ねえロイン……大丈夫なの？」

クラリスが俺に問いかける。

「ああ、俺は大丈夫だ。だからクラリスも、みんなとともにこの街を守ってくれ」

「私……ロインのことも心配だよ。だって、なにがあるかわからないんだもん……」

確かに、こんなモンスターたちを生み出している場所を突き止めたとして、そこになにがあるかはわからない。

さらに危険ななにかが潜んでいるのかもしれない。

それでも、俺は行かないわけにはいかなかった。

「ロイン……。ロインは私が護るって決めたんだから、私に護らせてよ！　だって、デロルメリア戦のときだって、私がいなかったら……！」

と、クラリスは俺に縋りついてきた。

「でも、俺は大丈夫だよ。それよりも、この街の防衛にはクラリスが必要だ。だから、頼む。みんなとこの街を護ってくれ」

「でも…………」

俺たちのそんなやりとりを見て、アレスターがこんなことを言い出した。

「大丈夫ですよロインさん、ここは俺たちだけでも。ぜひ、クラリスさんを連れていってください」

「でも……」

「なあに、俺たちにはロインさんからもらった装備がありますからね！　それに、一度は失った命です。ロインさんのために命を張れるなら、死んでも悔いはないですよ！」

「アレスター……お前、いいヤツだな。死ぬなよ……！」

「もちろんです！　俺たちに任せてください！　なぁ、みんな？」

――ということで、クラリスも俺に同行することになった。

カナンは戦いに夢中で、そんな話、聞いてさえもいなかった。

まったく……あの戦闘狂め……。

「よし、じゃあクラリス。行こうか。このモンスターたちの出どころを突き止めに……！」

「うん！　なにがあっても、私がロインを護るから……！」

そして、クラリスのことは俺が護る――！

この後、俺はクラリスを連れていって本当によかったと、思い知ることになる。

まさか転移していった先に、あんなことが待ち受けているだなんて……。

7.5　アルトヴェール防衛戦

ロインがモンスター大量発生の原因を突き止めに行っている間――。

アルトヴェールの街では大勢の冒険者が命をかけて戦っていた。

その中でも、一際活躍している者たちがいた。

アレスター・ライオス率いる元勇者パーティの面々である。

「うおおおおお！　ドラゴンブレイド――!!!!」

――ズシャアアア！

アレスターが剣を振ると、龍のような形の衝撃波とともに、モンスターたちが横なぎに斬られる。

「すごい！　ロインさんにもらった武器とスキルブックのおかげで、信じられない強さだ！」

もともと弱くはなかったアレスターが、本気を出せばこの通りだ。

ロインに助けられ、武器まで用意してもらった。そのことにアレスターはなんとしても報いたかった。それだけじゃない。この数日アルトヴェールで暮らすうちに、アレスターたちもこの街が大好きになっていたのだ。

他の冒険者たちと酒を酌み交わし、ロインのために戦う。そうするうちに、アルトヴェールに対する強い帰属意識が芽生えていた。

もはやここは、彼らの街でもあった。命をかけて戦わない理由は、ない。

「アレスター！　危ない……！」

「うお……!?」

――ズドーン！

ゲオルドの巨大な盾と肉体が、アレスターを敵の攻撃から守った。

「よそ見するな！　せっかくロインさんにもらった命だ。ロインさんのために使う以外で死ぬんじゃない」

「あ、ああ……わかってるよ。助かった」

「それにしても、このロインさんにもらった盾……最強だな」

ゲオルドは満足そうに自分の盾を眺めた。

そして今度はモンスターの大群に向けて突進を繰り出す。

「うおおおおおお！　シールドバッシュ――!!　!!」

――ドドドドドドドド!!　!!

まるでモンスターの海に橋を架けるように、ゲオルドが道を切り開く。

「アレスター、今だ……！」

「ナイスだゲオルド！　うおおおおお!!　!!」

――ズシャアアア!!　!!

そこをすかさずアレスターが斬り込みに入る！

モンスターたちは一網打尽だ。

以前はここまで統率のとれたパーティではなかった彼らだが、心を入れ替えてからは見事な連携を繰り出していた。

「二人とも、怪我はない？　上級回復魔法《エクストラヒール》――!!　!!」

「ああ、エレナ。ありがとう！」

モンスターとの近接戦闘は、どうしても生傷が絶えない。

そこをすかさずヒールしてくれるのが、エレナの回復魔法だ。

彼女はスキルブックなどではなく、生粋の回復術師だった。

「さぁて、そろそろかな？　モモカ！　準備はできたか!?」

アレスターが振り向いて、後衛のモモカに声をかける。

後ろではモモカが魔力を練りに練っていた。超巨大な魔法を行使するつもりだ。

彼女の頭上には、巨大な魔力球と、その魔法陣が宙に浮いていた。

「いつでもいけるわよ！　戦線離脱して！」

「よし、わかった！　みんな、少し下がるんだ！　モモカの魔法が行くぞ！」

アレスターが他の冒険者たちにも指示を出す。

モモカの超強力魔法で、モンスターたちを一掃する作戦だ。そのために、モンスターを引き付け、
後衛のモモカに攻撃が行かないようにしていた。

特大魔法を撃つには、それなりに準備するための時間が必要だった。

「いくわよ……！　…………って…………!!　!?」

モモカがいざ魔法を撃とうとしたとき――。

それを察してか、モンスターの一匹がモモカめがけて一直線に飛んできた。

空を飛べるタイプの、中級モンスターだ。悪魔のような羽根を持ったインプという小鬼。

魔力をすべて集めているモモカは、とても無防備な状態にあった。

「きゃぁ……！」

「モモカ……!!　!!　くそ、ダメだ。間に合わない！」

魔法に巻き込まれないように距離をとっていたアレスターは、祈る気持ちで見守るしかなかった。

そこに——。

——ズシャアアア!!　!!

「………!?」

「大丈夫!?」

「あ、あなたは……！」

窮地《きゅうち》のモモカを救ったのは、カナンだった。

カナンは持ち前のスピードと、反射神経をもってしてインプを瞬殺していた。

「カナンさん……!?」

「ふぅ……危ないところだったね。なんとか間に合ってよかったよ」

「あ、ありがとうございます……！」

カナンのボーイッシュな出《い》で立ちと、その英雄的な活躍に、同性であるモモカもほんの少し顔を赤らめてしまう。

「さあ、今だよ！　モモカちゃん、やっちゃって！」

「はい……！　うおおおお！　メテオ・ストライク——!!　!!」

——ゴゴゴゴゴゴゴゴゴゴ。

――ズドーン!!!!

――ブシャアアアアアア!!!!

モモカの頭上から放たれた巨大な火球は、目の前のモンスターたちを焼き尽くした。

業火に焼かれ、血の雨が降り注ぐ。

「す、すごい……!」

「やったぁ! これでだいぶ数が減らせる……!」

「なんとかロインさんが帰ってくるまで持ちそうだ……!」

戦況がいったん落ち着いて、あらためてモモカはカナンの元へ駆け寄った。

そして、頬を赤らめつつ、握手を求める。

「あの……さっきは本当に助かりました。ありがとうございました……」

その姿は、まるで意中の王子様にダンスを申し込む令嬢のようだった。

「助けるのは当然だよ! だって、私たち……もう大事な仲間でしょ?」

カナンは屈託のない爽やかな笑顔でそう言った。

以前のカナンであれば、アレスターたちを敵視していただろう。だが、ロインと出会い、自分の未熟さを知った今のカナンは違う。

もともと、一度仲間と決めた相手には尽くすタイプだ。

かつては違う街のギルドトップというライバル同士であった。カナンもアレスター以外とはそれほど面識もなかった。

だが、今ではもう、同じ街に暮らし、同じくロインを慕う、大切な仲間なのだ。

それは、モモカも同じ思いだった。

「…………はい！」

二人は固く握手を交わした。

「さあて、ロインさんが戻ってくるまで、もう一頑張りだ！」

「うおおおおお！　アレスターさんに続けええええ!!　!!」

アレスターの指揮で、冒険者たちは再びモンスターたちに立ち向かっていく。

彼らの思いはみな共通して、ロインに恩返しをしたいというものだった。

こうして、一致団結した彼らの活躍によって、アルトヴェールの街は守られたのだった——。

8　激戦

モンスターたちがやってきた方角へ、少しずつ転移を繰り返しながら進む。すると草原を抜けて、アルトヴェール領の北端にある山岳地帯へ到達した。しかしなおもモンスターたちの行列は続いていて。

これは不幸中の幸いだが、モンスターたちはみな、一直線にアルトヴェールの街を目指しているようだった。

だからいくらモンスターがあふれかえっても、外へは行かず……ミレージュなど周辺の地域への影響は薄そうだ。やはり、俺が勇者であるから、真っ先に狙われるというので間違いなさそうだ。

山岳地帯に来て、モンスターが途切れているのがわかった。

俺は転移で少し高いところに上って、上からモンスターたちの大群を観察していた。

どうやらモンスターたちは、山岳にある洞窟から出てきているようだった。

それも、すごい勢いでどんどん出てきている。

「あれだな……」

「あれって……もしかして、ダンジョン？」

「ああ、そうだろうな」

まさかアルトヴェール領のこんなところに、ダンジョンができていたなんて。しかも、モンスターが無限に湧いて出てきている。

どうも前からあったわけではなく、最近できたものだろうな。なるほど、今度は巨大なモンスターなどではなく、ダンジョンを送り込んできたということか。

モンスターたちは、こっちの世界で生成するから、魔界からのゲートを通る魔力は少なくて済むというわけだ。

魔王軍も手を変え品を変え、いろいろ考えてきたな。

「今回大きな予兆がなかったのは、これも関係しているのかもな……」

「どういうこと……？」

「ダンジョンコアだけをこっちに送り込んで、こっちの世界でモンスターを生み出しているんだろう……。だからつまり、魔界からのゲートを通る魔力は少なくて済む。ダンジョンコアの分だけでいいからな。あとはこっちで魔力を溜めて、モンスターを生み出せばいいわけだ。ゲートを通る魔力が少ないってことは、前のように空中に大穴を開けたりしないで済むからな」

「なるほど……そのせいで、今まで気づかなかったんだね……」

「そういうことだ。俺たちが気が付いたときには、モンスター無限発生装置の完成さ」

「だったら……」

「ああ、それを破壊しなくちゃな」

俺たちは、ダンジョンへと入ることにした。

とりあえず、入口へ向けて、攻撃を放つ。

「盾火砲《シールドビーム》――!!」

――ズドドドドドド!! !!

モンスター一体一体の強さはさほどでもない。それに、ダンジョンの入り口で団子になって、一直線になっているから、盾火砲《シールドビーム》で一網打尽だ。

「よし、入ろう」

「うん……！」

◇◇◇

ダンジョンに入っても、中からどんどんモンスターが湧き出てくる。

これは俺たちもかなりのスピードでモンスターたちを倒していかないと、なかなか先に進めないぞ。まるでモンスターでできた壁を掘り進んでいくような作業だった。

こうなると、クラリスを連れてきてよかったな。盾があるだけで、かなり進みやすい。

ダンジョンの中を歩いているだけで、前からものすごいスピードでコウモリ型のモンスターが飛んできたりする。それをいちいち避けていたら大変だ。

ダンジョンを進む間、俺たちの横をすり抜けていくモンスターもいたが、この際だから無視だ。どうせアルトヴェールまで行けば、仲間たちが対処してくれる。

それよりも今は、俺たちは早く先に進んで、ダンジョンコアを破壊することに専念しよう。

「それにしても……勇者である俺を無視してアルトヴェールに向かっているな……」

「うーん……そうだよねぇ……」

「もしかして、そう命令されているのかもしれないな」

「誰かが、このモンスターたちを操っているってこと……？」

「そうだ。そしてそいつが……こいつらを生み出しているのかも……！」

俺たちはどんどんダンジョンの中を進む。こうしている間にも、アルトヴェールで待っているみんなは、戦いを続け、消耗していっているんだ。

俺が極小黒球《グラビトン》で集めた敵を、クラリスの盾火砲《シールドビーム》で焼いていく。そして通りすぎざまに、アイテムボックスでアイテムを集める。

もう目の前はモンスターとアイテムの嵐で、なにがなんだかわからないくらいだ。

クラリスの盾をつかって、掘り進むようにしていく。

そして俺たちは、ようやくダンジョンの最奥と思われるところへ到達した。

◇◇◇

そこは、巨大な空間になっていた。

山岳地帯の中にぽっかりと空いた、洞窟。そこに、ダンジョンコアと思《おぼ》しき、ボスモンスターがいた。

こいつを倒せば、きっとこの悪夢は終わる。

「おいおい……これはかなりおぞましい……ってか悪趣味だな……」

ボスモンスターと思しきそいつは、でろでろに太ったスライムのような体をしていた。一言で言うと、巨大なヘドロだ。大きさは5、6ｍにも達するだろうか。

そして、その真ん中に巨大な口と、目がついていて。口の中からは、汚い、分厚い巨大なベロが出ている。そして、その口の中から、モンスターがゲロのように、次々と出ていっている。

まるで悪夢のようなモンスターだった。

こいつの口から、今までモンスターが発生していたのか……？　この中、どうなってるんだ……？　俺たちがそんな感想を抱いていると——。

そのボスモンスターが言葉を発した。

口を動かさねばならないので、モンスターの出現がいったん止まる。口から出る途中だったモンスターは、噛まれ、ちぎれ、飲み込まれていた。

どうなってるのかますますわからん……。

「んもぉおおおお。お前……ゆうしゃ……？」

「ああ、そうだ……モンスターをこれ以上吐き出すのをやめてもらいたくってね……邪魔なんで」

「んもぉ……。わかった……」

「え……？　いいの……？」

ヘドロ状のボスモンスターは、意外と聞き分けよくそう言った。まあ実際、コイツが喋《しゃべ》り出してくれたおかげで、モンスターの生成はいったん止まっている。

「その代わり……んもぉ。お前を食べる……！」

「やっぱりな……！　そう簡単にはいかないよなぁ……！」

俺たちの最後の戦いが始まった……！

こいつを倒して、アルトヴェールに平和を取り戻す！

ヘドロスライムは、俺に向かって、大きく口を開ける。

「んもぉ。お前を食べる……！」

「うわ……くっさ……!?」

ヘドロスライムの口の中からは、とてつもない異臭がした。あそこからモンスターたちが出てきていると考えると、おぞましい。

いったいどういう仕組みなのだろうか。モンスターの素《もと》となる液体が、あんな臭いなのか？

まあ、それはどうでもいいが……。

「ふん、その馬鹿みたいに開けた大口に叩き込んでやるぜ！　火炎龍剣《ドラグファイア》――！」

俺はさっそく、ヘドロスライムの口の中めがけて炎剣を叩き込んだ！

――ゴォォ!!

剣から伸びた炎が、ヘドロスライムの口の中に飲み込まれて――。

消えた。

「なに……!?」

そしてそのまま、ヘドロスライムは俺に向かって口の中からヘドロを飛ばしてくる。

――ドバッ！

しかし、咄嗟《とっさ》のことで俺は一瞬、回避が遅れてしまう。

俺は剣でヘドロを受け止めようと構える。

しかし――。

「ロイン、危ない……！」

クラリスが咄嗟に、俺の前に出て盾でヘドロを受け止めた。

「クラリス……!?」

しかし、クラリスの盾はヘドロを受け止めたはいいものの、その部分がドロッと溶けかけている。

まさか、あのヘドロにはそんな能力があるのか……!?

危ないところだった。剣でなど受け止められるようなものではなかった。

「ありがとうクラリス。でも……盾が」

「私の盾は大丈夫。ロインを護れてよかった。それより、あいつを倒す方法を考えないと」

「そ、そうだな……!」

しかも、ヘドロの一部が、俺の靴にも飛んできていた。そして俺の靴の一部が溶ける。

まじで危ないところだった……。

相手の攻撃を受けることも難しい、そしてこちらの攻撃もろくに通らない。どうやってこのヘドロの塊を処理すればいいのだろうか……。

「んもぉ……！　勇者……コロス……！」

そうこうしているうちに、ヘドロスライムは次の攻撃を仕掛けてきた。

体中から、ヘドロを飛ばしてくる。

くそ……避けようにも、これだけの量のヘドロ……！　どうやって戦えばいいんだ……!?

「ロイン、私に任せて！　巨大盾《ビッグ・ワン》――！」

クラリスが呪文を唱える。

すると、クラリスの盾が巨大化し、俺たちに覆いかぶさるようにしてヘドロを受け止めた。

もちろんヘドロを食らった部分は、溶けてしまっている。しかし、盾自体が大きくなったので、まだ何度かは攻撃を防げそうだ……。

「くそ……、なかなか強敵だ……。どうやって倒そう……」

ここはとりあえず、弱点調査《ウィークサーチ》を使うことにしよう。

「弱点調査《ウィークサーチ》——！」

俺は盾の溶けた隙間から、ヘドロスライムを視認して、弱点を探った。

すると、ヘドロスライムの体内に、真っ赤な球体が見えた。あれがコアか……。そして、モンスターたちもそこから発生しているに違いない。つまりは……あれがダンジョンコア……。

ヘドロスライムは、ダンジョンコアの周りにスライム状の肉壁がついている、そういうモンスターなのだ。

「よし、あのコアさえ破壊すれば……！」

弱点さえわかれば、あとはこっちのものだ。

しかし、クラリスを連れてきて本当によかった。俺一人だったら、こうやって弱点を探る隙もなかったかもしれない。

クラリスの盾を犠牲にしたおかげで、こうやって勝機が生まれた。

「でも、どうやって……!?」

「大丈夫だ。俺のスキルを使えば……！」

空間転移の剣——俺の剣スキルの一つ。スキルブックから手に入れたスキルの中でも、切り札として覚えておいたものだ。これを使えば、好きな空間に、自分の剣を転移させることができる。

つまり、ヘドロスライムの体内に、このスキルで剣を転移させる。そうすれば、ヘドロスライムの体内のコアを直接攻撃できるってわけだ……！

「なるほど、それならイケるかも……！」

「よし……！　空間転移の剣――!!　!!」

俺は各種バフをかけた後、盾の裏からヘドロスライムの体内にめがけて、剣を転移させた！

邪剣ダークソウル。その愛剣を、敵の体内に送り込む！

しかし――。

「んもぉ……？」

ヘドロスライムは、にやっと笑った。

俺の剣は……どこに行ったんだ……!?

「んもぉ……俺、お前の剣食った……！」

「は……!?」

「んもぉ……俺、体内のもの、すべて溶かす。それがコアの周りでも……。溶かして、パワーにする……」

「な、なんだって……!?」

俺は確かに、コアを攻撃できる位置に、剣を転移させたはずだ。

しかしこいつは、それを食っただと……!?

まさかコア自体にも溶かす性質があるとでもいうのか……!?

そ、そんなの……どうすればいいんだ……!?

「んもぉ……こっちの番……！」

邪剣ダークソウルのパワーを食らったヘドロスライムは、さらに巨大化したように見えた。

そして、こちらへヘドロを飛ばしてくる――！

「くそ……！　万事休すか……！」

しかし、そんな俺を励ますように、クラリスが言った。

「ロイン、大丈夫だよ……！　武器なんかなくたって、今のロインなら……！」

「クラリス……！」

そうだ、俺はもうあのときとは違う。

スライムすら倒せなかったあのときとは。

今の俺なら、武器なんかなくても、この最強のスライムすら倒せるんじゃないか……!?

「氷の盾――！」

クラリスは、飛んでくるヘドロに対して、そう唱えた。クラリスの盾スキルの一つだ。唱えると、クラリスの盾が氷を帯びた。

――ドシャ！

氷の盾の上に、ヘドロが落ちる。しかし、盾は凍ったおかげで、さっき溶かされた隙間が氷で埋まっていて、まるで新品の盾同様に、広い範囲をカバーしていた！

しかも、氷で透けて見えるから、ヘドロスライムの様子もよく見える。

「んもぉ……!?」

ヘドロが氷の盾に阻まれて、ヘドロスライムは驚いた顔をした。

「ロイン、敵のヘドロは、全部私が氷の盾で受け止める！　だからロイン、お願い……！」

「ああ、わかった……！」

クラリスの氷の盾ならば、ヘドロを飛ばされるたびに氷を張りなおせば、なんとかなりそうだ。

それに、敵はヘドロを飛ばすたびに明らかに体が小さくなっている。つまり、敵もいつまでもあしていられるわけではないということだ。こっちにも勝機が見えてきた。

それと、ヘドロスライムは俺たちと戦っている間、一度もモンスターを吐き出していない。つまり、モンスター生成と戦闘は同時には行えないということだ。

それだけわかれば、もう十分だ。

「よし、第二ラウンドだ……！」

しかし、俺は剣を失った。クラリスのおかげで、なんとか死なずに済んだが……。さあて、ここからどうするかな……。

「そうだクラリス……！　氷の盾で、あいつを凍らせること、できるか？」

「え……、できるけど……？　そうだね、それならもしかしたら……！」

俺はクラリスに思いついた作戦を話した。

ヘドロ状の体も、もしかしたら凍らせれば簡単に砕けるかもしれない。

「よし、一緒に盾を持って突進しましょう！」

「わかった！」

俺たちは盾を持って、ヘドロスライムに突進した！

――ドン！

そしてヘドロスライムにぶつかると同時、クラリスが氷の盾のスキルを発動させる！

――バリリ!!

それによって、ヘドロスライムの表面を凍らせることに成功する！

「んもぉ……!?」

だがしかし、ヘドロスライムの表面を凍らせたものの、その後すぐに別のヘドロによって、その氷は溶かされてしまった。まるで爬虫類《はちゅうるい》が脱皮をするみたいに……。

「んもぉ……こんな攻撃、効かない！」

「くそ……これじゃ埒が明かない」

このまま何度も突進を続けても、ゆっくり敵の外皮を削っていくだけにしかならない。そんなことをしていたら、先にこっちの盾がすべて溶かされてしまうだろう。

それよりも、コアを破壊する決定打が欲しい。

「んもぉ……！　こっちも本気でいく!!!!」

ヘドロスライムは、またヘドロを飛ばしてきた。

そしてそれと同時に、こっちへ突進してくる……！

――ドドドドドドドド!!!!

「くそ、どうする……!?」

ヘドロスライムが盾に体当たり……！

そしてそのまま、俺たちは盾ごと押される。

なんとか盾を押し返して、耐えようとするが、盾は今も溶かされつつある。

「大丈夫かクラリス……!?」

「だめ……！　このままじゃ、氷を張るスピードが追いつかない！」

「っく……！」

どうやら盾はもうだめみたいだ。

このままじゃ、盾ごと俺たちも飲み込まれかねない。

俺はいったん、クラリスを連れて転移を使った。

転移で、ちょうどヘドロスライムの裏側に回る。

ヘドロスライムは俺たちが逃げたことに気づかず、なおも盾を押している。

そしてついには壁に激突し、そのまま盾を溶かして食ってしまった。

これで俺たちは、盾も剣も失ったことになる。

もはや絶体絶命だった。

「っく……！」

「んもぉ……!?　まだ生きていたか……!?」

ヘドロスライムは俺たちに気づくと、振り向いた。

このままだと、マジでやられてしまう。

転移でいったん逃げるという手もあるが……。

――ジュウ……。

すると、俺の足元からわずかに煙が出ていることに気づいた。そうだ、俺たちが今立っている場所は、さっきヘドロスライムがいた地点だ。そのせいで、残っていたヘドロに、靴の裏が溶かされている。

くそ……靴までもうボロボロだ。

だけど……あれ……？

おかしいぞ……？

俺はある違和感に気づく。

さっきもそうだった。俺の靴にヘドロがかかったとき、俺の足はなんともなかった。確かに多少の皮が溶けるなどのダメージはあったが、それでも骨まで溶けたわけじゃない。

今もそうだ。

俺の靴の裏は溶けているけど、俺の足の裏は溶けていない。

わかったぞ……！

「もしかして……生物は溶かさないのか……？」

俺はその可能性に気づいてしまった。

だって、ヘドロスライムの体内からは、モンスターが出てきていた。あれはモンスターだから大丈夫なのだと思っていたけど、そうじゃない。生物なら、あいつの体内でも大丈夫なんじゃないか……？

表面のヘドロに触れたら、多少のダメージはありそうだが……。

体内のモンスターたちは、なぜ無事だったんだ……？

「クラリス、俺は今から賭けに出る……。でも、決して怒らないでくれよ……？」

「え……？　ちょっと待ってロイン……嫌な予感がするんだけど……!?」

「転移《テレポート》――――！」

「ロインっ……!! !?」

俺はヘドロスライムの体内に、転移した――――。

◇◇◇

ヘドロスライムの体内は空洞になっていた。

ちょうど俺が中に入っても大丈夫なほどの空洞だ。

まあ、あれだけ巨大だったのだから、このくらいの空洞があってもおかしくはないが……。

いったいこの謎の空間は……？

「ぎょ……!?　な、なななななんだお前は……！」

俺の足元で、そんな声がした。

するとそこには、背の小さなおっさんがいた。

ゴブリン……の亜種だろうか……？

言葉を喋っているし、魔族なのか……？

それにしても、ヘドロスライムの体内にゴブリン……？

こいつが操っていたりするのだろうか……？

「お前はなんだ……!?」

「俺様は魔王軍幹部、ヘドロス様だ……！」

「お前がヘドロスライムを操っていたのか……!?」

「そうだ……！　だがそれに気づいたところで無駄だ……！　貴様の剣はもうない！　我々も調べはついているんだ！　勇者ロイン！　貴様は素手ではスライムすら倒せないそうじゃないか！　はっはっは！　勝ったなガハハ!!!!」

小さなおっさんゴブリンは、そう言って高笑いした。

なにか勘違いをしているようだな……。

「情報が古いよ、それ」

「え………？」

俺は手刀で、ゴブリンを突いた。

——ドス！

「ぐぉえ……!?」

その一撃で、ゴブリンは吹っ飛んでいった。

ヘドロスライムの体内にある障壁を突き破り、ヘドロの中にまで吹っ飛んでいった。

さらにヘドロを突き破って、ダンジョンの壁まで吹っ飛んでいったようだ。

魔王軍のやつらも、なかなか知恵があるようだが、少し時差があるのか、情報が古いな。まあ、魔界と俺たちの住む世界はかなり違うから、無理もないが……。

おかげで、敵は油断してくれていたわけだしな。

「さて……と」

俺はヘドロスライムの体内にある謎の空間に独り、取り残される。

さっきのおっさんゴブリンに説明してもらいたかったが……まあ、そんなふうに言うことを聞く相手とも思えないしな……。

俺は足元を観察する。

先ほどゴブリンが立っていたところに、二つの魔法陣が描かれていた。

一つは、召喚の魔法陣のようだ。

魔法陣の中央に、それを表す文字が書かれている。

どうやら、俺たちの使っている文字と、魔界の連中が使っている文字は同じみたいだな。

まあ、言葉が通じる時点で、そうか。

「なるほど……この中で、やつがモンスターを生み出していたわけだな……」

それにしても、手の込んだことをしやがる。

そしてもう一つの魔法陣には、操作系の単語がずらっと並んでいた。なるほど、おそらくこっちの魔法陣で、ヘドロスライムをコントロールしていたのだろう。さっきのゴブリンを倒して以来、ヘドロスライムは動きを止めているようだった。

あのゴブリンは、あまりにもあっけなかった。きっとヤツ自体にはあまり戦闘力がないのだろう。召喚や操作の魔法に特化した魔導士タイプってとこか。

きっとこのヘドロスライムをまとうことによって、その弱点を補う作戦だったのだろうな。

このヘドロスライムも、ヤツ自身が作り出したのかもしれない。もしくは、この辺のスライムを集めて生み出したのか……。

さすがにこのヘドロスライムほどの大きさと強さのモンスターを、魔界からこちらに持ってくるとなれば、それなりに影響も大きいだろうからな。

俺の予想では、あのゴブリンが単身で、こちらに乗り込んできて……それでこのヘドロスライムを作り、その後召喚魔法でモンスターを生み出していたのだろう。

なんとも、恐ろしくレベルの高い魔法技術だ。その辺はさすが魔界の連中だ。俺たちの使うスキルブック由来の魔法とは全然違うのだろうな。

「ってことは……さっきのゴブリン、魔王軍の中ではかなり格の高い敵だったのかもしれないな」

そういえば、幹部とか言ってたしな……。ということは、デロルメリアと同格なのか……？　まあ、ヤツ本体はあっけなかったがな。

「それで……こいつがコアか……」

そして魔法陣に挟まれるようにして、赤い球体状のコアが宙に浮いていた。これがダンジョンコアということなのだろうか。これも、あのゴブリンによって作られたのか……？

「こんなに出力を高めたコアは初めて見た……」

ダンジョンコアは、その出力を高めれば高めるほど、モンスターを生み出すことができる。

これも、あのゴブリンの仕業なのだろうか。このコアと魔法陣を使って、あれだけのモンスターを生み出していたのか……？

仕組みはわからないが……放っておいたらもっと大変なことになっていたかもしれないな……。

なんとかできてよかった……。

「えい……！」

俺は素手でそのコアを、思い切り握りつぶした。

――バリィン!!　!!

すると、俺のいた空間の外壁が溶け出して、ヘドロがドロドロと垂れてきた。

「おおっと」

俺は慌てて、クラリスの元へ転移する。

「わ……！　ロイン……！　もう、心配したんだから！」

「ごめんごめん……」

「……!?　あれ見て……！」

ヘドロスライムを見ると、ドロドロと溶け始めていた。

どうやらコアとあのゴブリンの魔法陣によって、あの体を維持していたらしい。

これはダンジョンごとヘドロで埋め尽くされかねないな……。

「クラリス、逃げよう……！」

「そ、そうね……！」

「っと……その前に、ヘドロスライムのドロップアイテムだけでも回収するか……！」

「って……もう！　早くしないと……！」

俺は極小黒球《グラビトン》とアイテムボックスを駆使して、急いでレアドロをかき集める。

いくつかはヘドロに巻き込まれてしまったが、なんとか元はとれただろうか。

俺はそれがなんのアイテムかも確認せずに、とりあえずアイテムボックスに五十個ほど詰めこんだ。

◇◇◇

俺たちは急いで、アルトヴェールまで転移した。

ヘドロスライムは倒したし、コアも破壊した。

それを操っていたゴブリンも倒した！

これで、任務完了ってとこかな。

それになにより、ここまで大量に確保したレアドロが楽しみだ！

アイテム開封の儀が、俺を待っているぜ……！

俺たちがアルトヴェールまで帰ってくると、冒険者のみんなが出迎えてくれた。

どうやら、モンスターは俺がヘドロスライムと戦っている間に片付いたらしい。

アレスターたちを筆頭に、みんなで俺たちの街を守り切ってくれたみたいだ。

「ロインさんだ……！　ロインさんのご帰還だ！」

「うおおおおおおおおお!!　!!　さすがロインさん!!」

「ロインさんが調べに行ってすぐ、モンスターが止まりましたよ！」

「ボスを倒したんですね!?」

俺はみんなに囲まれながら、さっきあった出来事を話した。

まさかここまで苦労するとは思っていなかった……。

ヘドロスライムと、その中にいた魔術ゴブリン……かなりの強敵だったな。

魔界にはどうやら、まだまだ強敵がいそうだ。

これはこちらとしても、さらに強化していかなくちゃな。

だけど、剣と盾を奪われてしまった……。

そうだ、でも、俺たちには大量のドロップアイテムがある。

アルトヴェールの城まで戻った俺は、さっそくドロップアイテムを確認することにした。

まずは、あのヘドロスライムのドロップアイテムだ。

あいつが一番の強敵だったから、この最上級アイテムがそうだろうか。

《覚醒石＋＋＋》
レア度　★99
説明　あらゆる素材の秘められた能力を解放する。

「おお……！　まじか……！　さすがはあれだけ苦労させられたヘドロスライムのドロップアイテムなだけあるな……」

俺は期待に胸を膨らませる。

きっとこれを素材に使えば、さらなる武器が得られるはずだ。

俺はさっそく、ガントレット兄弟の元へ。

残りのドロップアイテムは、ちょっと数が多すぎて処理できない。

一度城の倉庫に預けて、担当者にリスト化してもらうことにしよう。

「おう、ロイン……ってこりゃあなんだ……!?」

「やはりレドットも知らないか……」

レドットは、覚醒石を見るなり、驚きの声をあげた。

「どうやら、この素材を使えば他の素材の可能性まで引き出してくれるそうだ……。これで、なにか武器は作れそうか……?」

「もちろんだ……! これと、あの大量のモンスターから得た素材さえあれば……きっと今までに見たこともない武器が作れるだろう……」

「そうか……ありがたい。頼んだぞ」

「ああ、任せておけ……!」

新しい素材で、彼らはどんな武器を作ってくれるのだろうか。今から楽しみでならない。

今回得た素材は、どれも＋＋付きのものだから、きっと今までの武器とは規格外なものが作れるだろうとのことだった。

邪剣ダークソウルも、所詮は＋＋＋の付いていない無印武器だ。だから、そろそろ武器の替え時だったのかもしれないな。ちょうどいい機会だ。

◇◇◇

それから、武器とは別に、俺は俺自身をさらに強化しておく必要があった。

以前ステータスの種で、素のステータスを底上げしたはいいが……。それでも、ある程度のところで止まってしまっていた。原因はわからないが、ステータスには限界値があるのかもしれない。

だけど、まだ試していないことがあった。

＋＋＋付きのステータスの種だ。＋＋＋付きのステータスの種なら、限界を超えてステータスを上げることが可能かもしれない。それができれば、ステータスのカンストも夢じゃないかもな……！

俺は期待に胸を膨らませながら、ギルドラモンへと飛んだ。

そして、一人でステータスの種を集めてきた。

帰還して、真っ先にみんなを集める。

アイテムボックスに入れてある、大量のステータスの種を見せた。

「って……ロイン……この種……全部集めてきたの……!?」

クラリスが驚く。

「そうだ！　みんなで食べよう……！」

そして俺は大量のステータスの種を城からバラまいた。

これで、この街の冒険者たちはかなりのステータスになるはずだ。

もちろん、俺たちも食べる。

「って……ロイン……ほんとにバラまいちゃった……いいの……？」

「なにがだ……？」

クラリスは不安そうに俺を見つめるが、俺はなんのことかわからない。

「だって、ステータスの種をバラまいちゃったら……みんなも強くなっちゃうんだよ……!?」

「………？　それが……どうした……？」

クラリスはなにをそんなに心配しているのだろうか。

するとカナンが口を開いた。

「クラリスは、たぶんこう言いたいんじゃないか？　みんなが強くなったら、ロインだけが強いわけじゃなくなってしまう……。せっかく手に入れた優位性を失って……それでいいのかって……」

ははぁ……なるほど……。俺はそんなことは忘れていた。

もはやこれは人類対魔界の戦いだと思っていたから、仲間を強くするのに躊躇などなかったのだ。

それに、俺にはまだ武器やスキルといった優位性もあるからな……。ステータスで追いつかれても、他にも差はたくさんあった。

まあ、その面も、追い追いみんなに分け与えられればとは思うが……。

「大丈夫ですよ！」

と、アレスターが俺をフォローした。

「ロインさんには、確定レアドロップという、唯一無二の絶対的な才能があるんですから！　それだけは、アイテムの効果なんかでは埋められません！　それに、みんなロインさんのおかげで強くなったことに、恩を感じています。だから、ロインさんは心配いらないですよ……！」

「そ、そうだな……！　アイテムを集められるのは、俺だけだもんな……」

「それにしても……さすがはロインさんですよね。本当にみんなのことを考えていて……すごいです！」

アレスターの言葉を聞いて、あらためて自分の重要さを認識する。与えるということは、それに責任も伴うのだ。一度みんなに物資を分け与えても、それだけで終わりでは意味がない。

俺がこれからもみんなにアイテムを与えて、強くしていかないと……。だから、俺は絶対に死ぬわけにはいかない。もはや俺一人の命ではないのだ。

そんなことを考えながら……俺は、ステータスの種を食らった。

俺たちは可能な限りステータスの種＋＋＋を食べ続けた。

すると今度は、ステータスはとどまることなく上がり続け……。そして――。

俺、クラリス、カナンの三人のステータスは、それぞれすべて９９９９にまで上がった。数値はそこで打ち止めで、事実上のカウンターストップだ。

しかし――。

なぜだか俺の【運】の数値だけがその限界を突破して、異常な数値を示していた。

ロイン・キャンベラス
17歳　男
攻撃力　９９９９
防衛力　９９９９
・
・
運　１００００★

「……って、10000⁉　俺だけなんかおかしくないか……⁉」

ステータスの種によって、俺たちのステータスは確かにカンストした。しかし、いったいどういうわけか、俺だけがその限界すらを突破してしまっている。

これはいったい……どういうことなんだろうか……。

「さすがはロインだ！　私たちとはやはり違うようだな！」

などと、カナンは能天気に俺を褒めたたえる。

しかし、俺としてはそんな楽観的に考えられなかった。

9999でストップするはずのステータスが、その限界を超えている。

しかも、謎の星マーク付きだ。

いったい俺の身に、なにが起きているのだろうか。

「とにかく、もっと詳しくステータスを見てみよう」

俺はスキルの一覧に目を通す。

今までは、俺の【確定レアドロップ】は、スキル一覧には表示されていなかった。所謂《いわゆる》隠しステータスというやつなのだろうか。それとも、俺のこの体質は、スキルではないのかもしれないと、そう思っていた。

しかし、今回ははっきりと、ステータス欄にこう書かれていた。

スキル一覧
　パッシブスキル
　・確定レアドロップ改
◆説明
倒した敵が、かならずレアドロップアイテムを、一つ落とす。

改になることで、異なった、より上位のアイテムを会得可能。

隠しスキル確定レアドロップから進化。

（※会得レアドロップアイテム数が一定に達したため）

ステータス補正【運＋１（このステータス上昇はステータス上限の制限を受けない）】

「な、なんだこれ…………」

俺のスキルが、進化しただって……!?

ただでさえ、これまで猛威を振るってきた【確定レアドロップ】のスキルが、改になってしまった……。

そういえば、先のモンスター大量発生でかなりのレアドロを回収したからな。戦闘が終了したことで、俺のスキルが変化したのだろうか。

それにしても、進化したのに、またもらえるアイテム数が一つになったのか……。

まあ、これまであまりにもアイテム数が多すぎて、正直管理しきれないところもあったからな。

それに、もうかなりのレアドロを集めてしまっている気もする。

だって、先日のモンスター大量発生の中には、かなりの種類のモンスターが含まれていたからな。

今更、欲しいアイテムもないのかもしれない。

だとしたら、この上位のレアドロップアイテムっていうのに、ますます興味が湧いてきた。

いったい進化した【確定レアドロップ改】のスキルでは、どんなアイテムが手に入るのだろうか。

ちょうど、クラリスの盾も新調しなくちゃいけないし、これからますます楽しみだな……！

◇◇◇

無事にアルトヴェール領を守りきった俺たちは、祝杯をあげていた。

大量のモンスターたちから手に入れた大量のレアドロップ品。その一部を売った金で、豪勢な食事を用意する。それでも、使いきれないほどのレアアイテムが倉庫に残った。

アルトヴェールに出入りする商人たちも、宴《うたげ》に参加してもらう。食料品や酒を仕入れたついでに、せっかくだからと誘ってみたのだ。アルトヴェールと取引する相手も、同じく大事な仲間だからな。

今回の戦いで頑張ってくれた、城の兵士や冒険者たちには、とびきり美味い酒を振る舞ってやり

たかった。

　とにかく俺はありったけの金を使って、城を豪勢なパーティー会場に仕立て上げた。

「さすがはロインさん、太っ腹ですね！　気前がいい！」

「まあな。だがそんなことより、お前もじゃんじゃん飲んでくれ。素晴らしい活躍だったそうじゃないか、アレスター！」

　かつては敵だったアレスターとも、こうして酒を交わしあう。

　一つの大きな困難をみんなで乗り越えたことで、アルトヴェール領の絆はより深まったと思う。

「ロインさんも食べてくださいね？　今回一番頑張ったのは、なんといってもやっぱりロインさんなんですから！」

「サリナさん……ありがとうございます！」

　俺の横に座って、サリナさんが食事を取り分けてくれる。やっぱり優しくて、癒されるし……最高のお嫁さんだな！

「はい、ロインさん……あーんしてください」

「ちょ、ちょっと！　みんなの前ですよ!?」

「今日は特別です！　ロインさんはもう頑張りすぎたんですから、今日はなにもしないでください。食事も全部、食べさせてあげますからね！　そう、なにもかも私に任せてくださいね♡」

「さ、サリナさん……わかりました……ありがとうございます」

　なんだか王様にでもなったような気分だ。まあ、疲れたってのは本当だから、今日はお言葉に甘えさせてもらうとするかな……。

だが、サリナさんの言っていた本当の意味がわかるのは、もっと後になってからだった――。

◇◇◇

パーティーは夜遅くまで続いたが、俺は途中で酔いつぶれて眠ってしまっていた。

さすがに深夜ともなると、みんな解散したようだ。あれほど賑やかだった城が、シンと静まりかえっている。

俺はゆっくりと体を起こして、目を覚ます。

「……って、あれ？　ここ……どこだ……!?」

真っ暗で目が慣れないが……ここはベッドの上？

どうやら誰かがここまで運んでくれたようだ。

「よいしょ……っと……」

目の前の暗闇に手を伸ばす。

すると――。

「やん……！」

「は……？」

そこには、よく知った感触のふわふわしたものがあった。

「さ、サリナさん……!?」

寝ていた俺の上に、サリナさんが乗っかっている。

「ロインさん？　ロインさんはなにもしなくていいですからね？」

「は、はい……？」

「今から私たちで、ロインさんの疲れを癒しますから……ロインさんはじっとして、ただひたすら快楽に身を委《ゆだ》ねてください」

「ど、どういうことですか……!?」

サリナさんがパチンと合図をすると、パッと部屋に明かりがついた。

部屋には、服を大胆にはだけた、クラリス、ドロシー、カナン、モモカ、エレナがいた。

まさかみんな……サリナさんに集められたのか……!?

さっき「なにもかも私に任せてください」とかって意味深なこと言ってたけど、これのことだったのか!?

「さあロイン、逃がさないからね！」

「私たちが戦いの疲れを癒してあげるんだから！」

クラリスとカナンが俺の両脇から腕をロックする。

こいつら絶対俺のためじゃなくて自分が楽しみたいだけだろ……!?

「ほら、ロインさん……これを見てください？」

「そ、それは……!?」

サリナさんが取り出したのは、なにやら瓶に入ったぬるぬるの液体だった。

「これはスライムローションです。これでロインさんをマッサージして、癒してあげる作戦です！」

「ゴクリ……」

言いながら、サリナさんはそれを俺の体に垂らした。なんだか冷たくてくすぐったいけど、嫌な感じはしない。

「さあ、二人でマッサージです！」

サリナさんの合図で、示し合わせたかのように、ドロシーとモモカが俺の上に覆いかぶさる。

二人の豊満な胸が、俺の硬い胸板に押し付けられ、ぬるぬるのスライムとともに暴れまくる！

「うお……こ、これ……すげえ……」

「ふっふっふ、ドロシーちゃんのマッサージに酔いしれるがいい！」

確かにこれは癒される……。

「まだまだですよ？　ほら、回復魔法です！」

エレナが横にやってきて、俺に回復魔法をかけ続けてくれる。おかげで、俺の体中の傷が癒えていく。

それと同時に、マッサージもされているから、まさに天にも昇る心地よさだ。

「うお……これは……癒される……」

「よろこんでもらえてよかったです！」

「はい……ありがとうございます。サリナさん。そして、みんな……！」

「じゃあこのまま、じっとしていてくださいね？」

「え……？　ん……む……!?」

サリナさんは追い打ちをかけるように、俺の口を、その柔らかい唇でふさいできた。

このまま、俺は本当に召されてしまうのではないか……それほどまでに甘ったるい空間に、のまれ、沈んでいく。

これまでの戦いの疲れなんて、本当に吹っ飛んでしまった。

そのまま朝まで彼女たちに癒されて、人生最高の一夜を過ごした――。

ある意味、魔王軍との戦いよりも激戦だったな……。

◇◇◇

ロインが寝室でお楽しみのころ――。

アルトヴェールの街に近づく不穏な影があった。

「ひっひっひ……俺様の死をちゃんと確認しないとは馬鹿なやつめ」

そう、ヘドロスライムの中にいた強敵ヘドロスだ。ヘドロスはロインに吹き飛ばされた後、かろうじて生きていた。そこから残った魔力でなんとか回復し、ロインの後を追ってきたのだ。

だがヘドロス本人には大した力もなく、魔力も残り少ない。体も小さく魔力も少ない彼が、見つからないように昼間は鳴りを潜めていた。

なんとか見つからないように酒樽の中に身を隠すのは、さほど難しいことではなかった。

ロインが寝室に入ったのを見計らって、短剣を握りしめ、城の中に侵入する。

「俺様を殺したと思って油断している今がチャンスだ。作戦は失敗に終わったが、魔王様のためにも、ただでは死ねないからな。不意打ちで二、三人道連れにして戦果を挙げてやる」

ヘドロスは自分の非力さを正しく評価していた。いくら不意打ちとはいえ、ロインに近づいて殺すことはかなり難しいだろう。

しかし、ロインが一番無防備なタイミングを狙えば、仲間の一人二人は余裕でもっていける自信はあった。

先ほどの宴会を観察し、分析したところ、ロインには複数の配偶者がいることがわかった。そしてアルトヴェールの戦力の多くがそのロインと彼の配偶者によるものだともわかっている。

ヘドロスにとって、彼らが寝室で楽しんでいるこのタイミングが、ロインたちにダメージを与えるこれ以上ないベストな機会だった。

ヘドロスライムの件を見ても、ヘドロスは作戦を念入りに立てて、行動するタイプだ。深く分析をして作戦を立て、実行に移す。たとえそれが即席の緊急作戦だとしてもだ。

ここまで、作戦は完璧に思えた。だが、彼には見落としていることがあったのだ。

いよいよヘドロスがロインの寝室の前の廊下にまで差し掛かったところ――。

「止まれ――」

ドスの利いた低い声とともに、ヘドロスの首元に剣先が突き当てられた。

振り向こうとするも、首に亀裂が入り血が流れる。ヘドロスは一歩も動けなくなった。

月明かりに照らされ、美しい黄金色の髪の毛が、剣先に反射して、ヘドロスの目に映る。

「お、オマエは……！　まさか……!?」

暗闇から、二人の男が姿を現し、ヘドロスの目の前に回り込んだ。

そこに立っていたのは、かつての魔王軍の標的である、元勇者――アレスター・ライオスとゲオルド・ラークだった。

「ロインさんは今戦いの疲れを癒しているところなんだ」

「邪魔をするやつは、俺たちが排除する」

二人はロインの寝室の扉の前に、守護者のように立ちはだかる。

「き、貴様らはデロルメリア様によって葬《ほうむ》られたはず……！」

ヘドロスの視点からすると、これはまったくの想定外のことだった。彼が魔界を出発する前に受けた報告では、アレスターは死んだということになっていた。そして、次の標的は新たなる勇者ロインだと。

魔界の住人にとって、新勇者ロインがアレスターを蘇《よみがえ》らせるなんてことは想定外。なんのメリットもないのにそんなことをするなんていうのは、彼らには想像もつかないような行動なのだ。

「ふん、やっぱりな」

「なにがだ……!?」

アレスターはロインから聞いていた通りだ、と鼻で笑った。

そして剣を一度引き戻すと直後、再びヘドロスの首元めがけて剣撃を放った――。

「だから、情報が古いって――！」

――ズシャアアア!!!!

ヘドロスはなす術なく、その場に倒れた。

「ふぅ、これでロインさんの安眠は守られたな！」

アレスターとゲオルドはその場でお互いにハイタッチ。

――その時、タイミングよく寝室からモモカの嬌声《きょうせい》が漏れきこえてきた。

「あん、ロイン様……！　最高の夜です♡」

長い付き合いの仲間の聞きなれない声色に、二人は顔を赤らめて硬直してしまう。

「ま、まあ……安眠……ではないようだな……」

「そ、そうだな……ここにいては気まずい。仕事は済んだ。俺たちもさっさと寝よう」

「ああ。ロインさん……っく、羨《うらや》ましいぜ」

「……っ、そうだなアレスター！　じゃあ俺たちはさみしく男同士、朝まで飲み明かすか！」

「ゲオルド……！　そうだな、そうしよう！」

二人の男は酒場へと消えていった。

その後ベロベロに酔って、ベラドンナにたくさん話を聞いてもらったのだった。

9 国

ステータス上限を突破した俺は、その効果を確かめるために草原へやってきた。

まずは試しに、素手でスライムの一匹でも倒してみるとするか。そうすれば、【確定レアドロップ改】の効果がわかるだろう。

【上位素材】というのがなんなのかも、確かめる必要がある。

「うおおおおおおおおお!!」

「ピギィ……!?」

――ズシャァ!! !!

俺は正面からスライムに駆け寄り、一撃で倒す。クリティカルヒットのようだ。俺は剣を装備していないから、これが運10000の効果だったりするのかな。

もはやスライムなんて、逃げられることもないし、反撃されることもない。

さてさて、どんなドロップアイテムが落ちたのかな。久しぶりに、レアドロップアイテムが一つだけになった。

正直、たくさんドロップアイテムが出てくるのは便利だが、集めるのが面倒でもあったからな。

強いレアドロップアイテム一つが出てくるほうが、俺は楽でいい。

《神秘の粘石《ねんせき》》

レア度　★100
ドロップ率　0．05％（上位限定）
説明　魔力をまとった不思議な素材。
　柔らかい素材だが、強度もすさまじい。

「おお……!?　なんだこれ……上位限定ってことは……普通にはドロップすらしないってことか……!?」

なるほど、確かに今までスライムからこんなアイテムは出てこなかった。スキルが進化したことで、こうやって隠しレアアイテムが出るようになったというわけか。

今までに倒したことのあるモンスターも、積極的に倒していきたいな。

それにしても、見たことのない素材だが……これもガントレット兄弟に預けてみるか。

しかし、まだ運のステータス10000になったことの効果はよくわからないままだ。今度カジノにでも行ってみるか……。

まあ、それよりも、早くこの素材をガントレット兄弟に持っていこう。

◇◇◇

というわけで、俺は工房へやってきた。

「おう、ロイン。また珍しい素材を持ってきて……って……!?　な、なんだこれ!?」

「どうかしたのか……？」

「ああ、この素材は今までのとは明らかに質が違う……！」

ドレットは驚いて言った。

「いいか、今までの素材の一番いいものが、すべて陳腐化《ちんぷか》するくらいの代物だぞこれは！　こんなもの……まさに規格外というやつだ」

「なにがどう違うんだ……？」

「これは魔力の伝導率も桁違いだし、物質としての密度が違う！　これを使えば、今までの剣をすべて過去にするものが作れるぞ！」

「ま、まじか……！」

ドレットの話をまとめると、この上位素材というのは、どんな素材であっても、今までの素材（下位素材）と比べてあらゆる点で優れているということだった。じゃあ、今まで集めてきた素材が陳腐化したってことなのか……。まあ、だったらそれならそれで、また集めるだけだ。

◇◇◇

そして、数日して、俺は工房に呼び出された。以前から頼んでいた、剣が完成したのだ。

「おうロイン……！　今までのモンスター素材に加えて、今回の上位素材を混ぜてみた。これは現存する中で最強の剣だぜ！」

「そうか……！　楽しみだ……！　っていうことは……邪剣ダークソウルよりも強いのか……？」

「ああ、もちろんだ！」

《スライムソード改》
★150
攻撃力　＋6700

俺は剣を受け取った。しかし、俺はあることを失念していたことに気づく。

「あ…………」

「どうかしたのか……？」

「その……俺はステータスがカンストしている。みんなもだ」

ステータスっていうのは、9999が限界値だと思っていた。まあ、俺の運のステータスは例外みたいだったが……。とにかく、もしかしたら、この剣を装備しても俺はステータスがこれ以上上がらないから、意味がないんじゃないかと思うのだ。

「でも、一応装備してみるか……」

ロイン・キャンベラス（装備）
攻撃力　9999（＋6700）

防御力　9999

・・・

「あ、あれ……⁉　なんでだ⁉　俺のステータスが、ちゃんと上がっている！」

俺は驚きの声をあげた。

だって、防具のほうはなにも変化がなかったのだ。俺は今だってこうして防具を装備しているが、ステータスは9999のままだ。

「ど、どういうことなんだ……⁉」

俺が困惑していると、ドレットが一つの仮説を口にした。

「なにか違いがあるとすればだ——」

そこまで聞いて、俺も同じことを考えた。

「「上位素材か…………⁉」」

俺たちは異口同音にそう口にしていた。

そう、なにか防具と武器に違いがあるとすれば、上位素材を使っているか否かだ。

「つまり……上位素材を使っている武器や防具なら……ステータス上限を突破できるってことなの

か……!?」

「どうやら……そうみたいだな」

だとしたら、俺はますます、これからも素材を集めていかないとな……!

次の戦いに備えて、まずはまた装備集めから始めることにしよう!

俺は、新しいドロップアイテムとの出会いに、期待に胸を膨らませた。

◇◇◇

アルトヴェール領が存在する国、ミルグラウス帝国。大陸の約半分を占める超巨大な国だ。ミレージュの街もそこに位置する。王都ミルグレモンを除けばミレージュが最大都市だった。

だが、ロインの活躍もあって、アルトヴェールもかなりの大きな街となってきていた。

ロインにそのアルトヴェールを授《さず》けた張本人、王――ケイン・ヴォルグラウスは考える。

「ふむ……アルトヴェール領……少々大きくなりすぎたな……。これは、私の思っていた以上のことだ」

「っは……!　陛下……どうなされますか……!」

「そうだな……ロインをもう一度城に呼んでくれ。私から話をする」

「かしこまりました!」

ケインはアルトヴェール領に、使いを出した。

そして、ロインは再び、城へと招かれることになったのだった。

◇◇◇

「うーん、ケイン王からまた呼び出されるなんて……俺、またなにかやっちゃったのか？」

俺は内心、不安になってしまう。今回のモンスター大量討伐があったからだろうか。かなり目立ってしまったようだ。

王っていうのは、権力にうるさいからな……。いつでも反乱を恐れているというし……。もしかして俺、領地を取り上げられたりするのかな……？

それとも、なにかの罪を着せられたり？

「きっと大丈夫ですよ。ロインさんは、頑張っていましたから！　なにかまた、ご褒美をもらえるんではないでしょうか……？」

とサリナさんが俺の不安を察して、そう言った。

「うーん、そうだといいけど……」

上位アイテムを集めに行きたいところだったが、王からの呼び出しとなれば、すぐに応えないわけにはいかない。

俺はさっそく、王城へ転移した。

◇◇◇

「おお、ロイン……久しぶりだな……よく来てくれた」

　ケイン王は、俺を快く迎えてくれた。

　あれ……俺の警戒のしすぎだったかな？

　とりあえず、握手をする。

「久しぶり、ケイン。それで……今回はなんの用だ……？」

　俺はケインに友人として接する。前に領地をもらったときに、そうしてくれと言われていたからだ。

　それなのに……。

　ケインの横にいた従者が、俺を見て怒り出した。

「貴様……！　勇者だかなんだか知らんが、王に向かってなんだその態度は……！」

「は……？」

　どうやらこの部下は、空気が読めないらしいな……。俺とケインの関係を察することもできないらしい。というか、王の従者ならそのくらい知っていてもらいたいところだが……。

　どうやらケインも俺と同じ思いのようで。ケインは従者に対して、大目玉を食らわせた。

「貴様……！　わきまえるのは貴様のほうだ……！　ロインは私の友人であり、客だぞ！」

「し、しかし……」

「ええい！　言い訳をするな……！　お前はクビだ……！　おい、誰かこの教育の行き届いていない不届き者を、城から追い出せ！」

「そ、そんな……！」

ヘマをした従者は、他の兵士たちに連行されていった。

「すまない、ロイン。不快な思いをさせてしまったな。いや、臣下の教育がなっていなくて恥ずかしい限りだ。申し訳ない」

ケインは王であるにも関わらず、俺に誠意を込めて頭を下げた。

しかし、俺とて、そのくらいで怒るような人間ではない。

「いやいや、頭を上げてくれ。俺なら平気だから、あの従者には後でもう一度チャンスをやってくれ」

「そうか……？　ロインは優しいんだな……。さすがは勇者だ。私よりよっぽど王の器にふさわしい」

ケインは過剰に俺を持ち上げた。

これは……なにかあるな、とさすがの俺も察する。

「それで……今日はなんの用なんだ……？」

さっそく、本題を切り出す。

ケインはゆっくりと口を開いた。

「ロイン、君に任せたアルトヴェール領は、かなり発展していると聞いている」

「ああ、おかげさまで……」

「そこでだ……君のアルトヴェール領を、国として独立させてみないか……？」

「え…………？　いいのか……？」

「ああ、もちろんだよ。そのほうが魔王軍に対抗するにも有利に働くだろう。自分の国のほうが、なにかと動かしやすいだろう……？」

「ああ……助かるよ」

ケインはなんと太っ腹な王なんだ。

俺に領地を与えただけでなく、国としての独立にも手を貸してくれるという。

「もちろん、支援は変わらずにさせてもらうよ。それに、独立してお互いに国の王となったほうが、いろいろ楽しいだろう？　なに、我が国にもメリットのある話だ。協力して、国を大きくしていこうじゃないか……！」

「ああ、もちろんだ……！」

俺たちは固く握手を交わした。

てなわけで、俺は急遽《きゅうきょ》アルトヴェール王国の王となったわけだが……。俺のやることは変わらない。俺は魔王軍と戦って、最強のアイテムを集めるだけだ。

それに、他の国もみんな、魔王軍に怯《おび》えているからな。今はまだ、人間同士で戦争なんかしていられる時代ではない。

だから、俺は国として独立しても、他の国と連携して、助け合っていくつもりだ。まあ、それは向こうから攻めてこなければの話だが……。

ケイン王と、大国ミルグラウス帝国が後ろ盾となっているから、まあ、アルトヴェールを攻めてくるような馬鹿な国はそうそうないだろうが……。

念のためだ、国力は大きいに越したことはない。俺はそのためにも、一段と責任感を強めて、さらにアイテム集めに邁進《まいしん》しようと思った。

今までのレアドロップアイテムの上位互換とも言える、上位アイテムが出てきたことによって、俺たちは倉庫の中に余った素材の使い道に悩んでいた。

もちろん、装備品などに使ったりも、まだまだできる。

今のところ、上位素材は、俺が一個ずつ集めてこないといけないからな。

だが、それでも下位素材は腐るほどあった。というのも、以前のモンスター大量発生のせいだ。

「これをなんとか有効活用できればいいが……そうだ！」

今回の話は、俺のそんな思い付きから始まる。

◇◇◇

アルトヴェール領は、俺たちの活躍もあって、ミルグラウス帝国の王――ケインから国として運営することを許された。

だが、アルトヴェールはまだまだこれからの国だ。まだ辺境の小国に過ぎない。ケインの後ろ盾があっても、それをよく思わない者もいる。

それもそんなぽっと出の小国に、とんでもない軍事力があるのだから、恐れる者も多い。俺のレアアイテムのせいで、この国の軍事力と資源力はとてつもない大国レベルだ。

「よし、余ったこの素材を、周りの国に配ろう！」

俺はそんなことを考えついた。

「さすがロインさん！　それなら、周りの国からの反感を抑えられるかもですね！」

とサリナさんもお墨付きだ。

俺たちとしては、国の戦闘員全員分の装備を作っても、なお余りある素材なのだ。もはやレアアイテムのほうがそこらの屑《くず》アイテムよりも多く在庫がある始末。

それならば、レアアイテムを持っていない周辺の国にプレゼントでもしたほうがよいだろう。

それに、これはなにも単なる慈善事業ではない。周辺の国にも力をつけてもらうことで、魔物たちと戦いやすくするためだ。

なるべく多くの冒険者にアルトヴェールに来てもらいたいからな。そのためには、他の国の冒険者にも力をつけてもらわないといけない。

魔王軍との戦いだけではなく、普段のクエストなんかもこなさないといけないから、冒険者は強ければ強いほどいいのだ。

俺のせいで他国が手薄になったら困るからな。

冒険者たちは、そこに住んでいる人たちの日々の暮らしの安全を守るのも仕事なのだ。それに、万が一にも俺のいない場所に魔界の門が開かないとも限らない。

これは人間対魔族の戦いなのだから、くだらない派閥争いをしている場合ではないのだ。

俺はそのことを、ケインにも伝えることにした。

ついでに、ケイン王にも手土産として、大量のレアアイテムを持っていく。ミルグラウス帝国は俺たちアルトヴェール王国の宗主国でもあり、いろいろとお世話になった国だ。ミレージュの街にも思い入れがあるからな。

ケインには特別たくさんのレアアイテムを贈ることにしよう。

◇◇◇

「おお、ロイン……こんなにもらってしまっていいのか……！」

俺がレアアイテムが大量に入ったアイテムボックスを渡すと、ケインは大喜びで王座から立ち上がった。

「当然だ。俺たちは友好国じゃないか」

「ありがたく頂戴する。これで我が国も軍備をかなり増強できる！」

俺としても、ミレージュの発展につながってうれしい限りだ。

これで少しはこの気前のよいケイン王に恩返しができただろうか。

俺をれっきとした王国指名勇者にしたのもケインだし、アルトヴェールを与えてくれたのもケインだ。俺としては、その恩になるべく報いたいと思っていた。

「それにしても、ロインは本当に無欲だな……」

「え？　そうか……？」

それを言うなら、ケインもかなり俺にいろいろと与えてくれているから、人のことは言えないと思うがな……。

「他国に資材のほとんどを配るっていうんだろう？」

「ああ……まあな」

「そんなこと、他の王では考えもしないだろうさ」

「まあ、俺にはもう必要のないものだからな」

「はっは、その謙虚《けんきょ》さと無頓着《むとんちゃく》さが、君を大物たらしめるんだろうな！」

ケインはそう言うが、俺はただ事実を言ったまでだ。

俺にとっては今は、上位素材だけが魅力的なのだった。

ちなみに、どうやら上位アイテムと下位アイテムでは、根本的に倒したモンスターに対応する素材が違うらしい。

どういうことか。人食い植物《デスフラワー》を倒しても、ステータスの種は手に入らなかった。厳密に言えば、手には入るのだが、今まで通りのステータスの種でしかないのだ。

なので、俺たちのステータスはこれ以上上がらない。

当分のところは、上位の装備品を使ってステータスを強化していくしかなさそうだ。

これは、きっと上位のステータスの種を落とすモンスターが、別に存在するのだろう。

スキルメイジも、スキルブックを落とすのだが、その内容は今までとさして変わらなかった。

上位スキルを落とすモンスターが、別に存在しているのだろうか……？

とにかくこの世界にはまだまだ謎がいっぱいだった――。

◇◇◇

場所は変わり――魔界から、ロインたちの活躍を見ている人物がいた。
魔王――デスマダークである。

魔王は青紫色の肌をした、巨人であった。見た目は普通の人間とさして変わらないが、筋肉量は人間のそれをはるかに凌駕《りょうが》している。そして額には魔力を蓄える魔石のようなものが埋め込まれていて、頭には角が生えている。

魔王デスマダークは、水晶を見ながらつぶやく。

「この人間……恐ろしく強い……このままでは我らの計画が破綻《はたん》してしまうではないか……！」

先日も、ヘドロスライム投下作戦が失敗に終わったところである。

かなりの手間と準備をして挑んだ作戦であったが、見事にロインによって打ち砕かれてしまった。

魔王デスマダークは部下たちに怒りをぶつけていた。

「魔王様……お言葉ではありますが、次なる作戦を考えております」

「ほう……聞かせてみろ」

魔王にそう提案したのは、魔王軍四天王の一人にして、魔王の右腕——魔界将軍ガストロンである。

彼の見た目を一言で説明するのであれば、赤鬼。巨大な筋肉を持ち、体中にはコブともイボともつかぬ突起があふれている。それらはすべて力の象徴とばかりに、赤く輝いている。オーガ種のモンスターであった。

しかし力だけでなく、このガストロンという男は作戦にも長《た》け、それゆえ魔王からは重宝されていた。

「あのロインという男は強すぎます。そのスキルもさることながら、やはりあの何者も恐れない精神性。それから、機転。なにもかも、桁違いに優れています」

「おい、敵を褒めるのはもういい。早く本題に入れ」

「っは……！　そのような規格外の存在。こちらも規格外の存在を送らねば、勝ち目はございません」

もちろん、魔王や四天王クラスであれば、どうにかすることもできるのかもしれない。

しかし、魔界と現世をつなぐゲートは、ごくわずかな魔力しか通れない。

少なくとも、四天王クラスがあちらの世界に侵略しに行くのには、まだまだ時間がかかるのである。

そのためにはまず、他のモンスターなどで侵略をし、ゲートを広げるための術式などを設置しなければならなかった。そのための先行部隊が、以前ロインが倒したデロルメリアであったのだが……。

魔法陣に長けたデロルメリアやヘドロスが、ロインによって倒されたことによって、魔界側の計画は大幅に遅れていた。

「しかし、どうやって……？」

魔王は疑問に思う。

これ以上、強力なモンスターを送ることはできない。

ベヘモスの召喚にも、かなりの時間がかかったし、ゲートの力をかなり消費した。

しかし、それでもロインには敵わなかった。

次に行ったヘドロスライムの作戦も、結局は失敗に終わった。

これ以上、限られた魔力でロインに対抗するのは、不可能かと思われていた。

しかし、ガストロンは考える。

「規格外には規格外を……！」

「だから、その規格外とやらをどうやって……!?」

「それは……異世界からですよ……！」

「なに!?　異世界だと!?」

「そうです。こちらの世界にそういった強力な存在がいないのであれば、異世界から喚《よ》んでくればよいのです」

ガストロンには、すでにその準備があった。

古文書に書かれた方法に従えば、異世界から人間を喚ぶことができる。

人間であれば、ゲートを通じて現世に送り出すことも容易である。

「だが……異世界人といっても人間なのであろう？　だったら、本来であれば我々魔族の敵ではないか！　そんなやつが、おとなしく力を貸すとは思えんがな……」

魔王デスマダークは、そう懸念する。

「大丈夫です。そこもしっかりと考えてあります。確かに、魔王様のおっしゃる通り、善性の人間であればそうでしょう。しかし、悪性の人間であれば……？　どうでしょうか」

「ほう……それは……面白そうだな」

「でしょう……？　あとはすべて、このガストロンにお任せください」

「ふっふっふ……期待しておるぞ」

こうして、ガストロンは作戦にとりかかった。

規格外の勇者、ロインを倒すため――異世界から、こちらも勇者を召喚するのである。

まあ、勇者といっても、勇者を倒すための勇者だが。

「いわば、勇者キラー。魔界側の勇者といったところか」

召喚の方法は、転生である。

ガストロンは異世界から、人間を転生させ、魔界に喚び出すつもりなのだ。

「ふっふ……伝承によれば、転生者は特別な力を持って現れるという。それこそ……確定レアドロップに匹敵する、規格外の力を……！」

そして、大きく地面に描かれた魔法陣に向かって、ガストロンは唱える。

「いでよ……！　我が魔界を救う、救世主よ……！　異世界転生召喚魔法――デルドラゴン!! !!」

――ズドーン!! !!

魔王城に、巨大な紫色の落雷。

それと同時に、魔法陣に一人の男が現れる。

見るからに目つきの悪い、邪悪な男。

「これは期待できる……！」

◇◇◇

ガストロンは、その男にいろいろと吹き込んだ。

魔界を救う存在に仕立てるため、あれこれ嘘《うそ》を交えて。

曰《いわ》く、勇者ロインは最悪の存在であり、消し去らねばならないということ。

そして魔界こそが真の世界の支配者であり、善性であるということ。


——数日して、魔界に勇者が誕生する。

ロインを倒すため、最強の刺客が今、ここに誕生した。

「さあ、魔界の勇者よ……！　憎き英雄ロインを倒すため、このゲートをくぐり、人間界に赴《おもむ》くのです!!　!!」

ガストロンによって、ロインを狙う刺客は、放たれた——。

9.5　後日談

ロイン率いるアルトヴェール領が独立したことによって、腹を立てる人物がいた。それはミルグラウス帝国と双璧をなす大国――ヨルガストン帝国の王、ソドム・ヨルドラモンであった。

ヨルガストン帝国は、ちょうどアルトヴェールと国境を隣にしている。

ソドムからすれば、今回のアルトヴェール独立は、敵対行為に他ならなかった。

「くそ……我が国を侵略する気なのだろうか……」

アルトヴェールがその気になれば、かなりの損害をヨルガストンに与えることができる。

ここ数年平和を保ってきたというのに、今回の知らせは、ソドムを不安に陥れた。

「アルトヴェール……危険な国だ。今のうちに対処をしなければ……」

ソドムは怒りをあらわにして、部下に情報を集めさせた。

しかし、その数日後に、状況は一変する。なんと、ヨルガストン帝国宛てに、アルトヴェールから大量の品物が送られてきたのだ。

「陛下……！　アルトヴェールより使者がもたらした品々でございます！」

ヨルガストン帝国の宰相が、ソドム王にアイテムボックスを差し出す。そのアイテムボックスは、ロインよりヨルガストン帝国に贈られたものだ。中にはもちろん、ロインが集めた大量のレアドロップアイテムが入っている。

「な、なんだと……これは、アイテムボックスではないか！　いったいアルトヴェールの王はなぜ、こんな貴重なものを……」

まだ国同士の付き合いも大してないのにも関わらず、このような高価な贈り物。ソドム王がそれを不審に思うのも無理はなかった。ありがたさよりも、不気味さが勝つ。

これにはいったいどのような政治的意図があるのだろうか。宰相も、ソドムも測りかねていた。

「とりあえず……中身を見てみるか……」

不審に思いながらも、ソドムはアイテムボックスの中身を確認させる。宰相も恐る恐る中身を取り出していく。

するとどうだろうか、出てくるものすべてがレアドロップアイテムではないか。しかも中にはまだヨルガストン帝国には存在していないようなものまである。

「な、なんだこれは……!?」

ソドムは腰を抜かして驚いた。

「ど、どうしましょうか……陛下。なにかアルトヴェール王国に返礼の品を用意したほうがよいでしょうか」

「そ、そうだな……しかし……これに見合うようなものは我が国にはないぞ……」

不気味に思いながらも、ほっと一安心するソドムであった。まさかわざわざ贈り物をした相手を侵略するようなことはあるまい、と。

しかし、それと同時に恐怖も覚えるソドム王であった。これほどの品を軽々しく渡せるほどの国力が、アルトヴェールにはある、と。

「いったいどういう国なのだ……恐るべし……アルトヴェール……！」

◇◇◇

時を同じくして、アルトヴェールからかなり離れた場所。大陸の真反対に位置する大国――ラクラントス帝国。そのラクラントス帝国といえば、あのギルドラモンを擁する国である。

ラクラントス帝国も同じように、アルトヴェールの独立のニュースを聞きつけた。ラクラントス帝国の皇帝――ラポンシェフト33世は、このニュースに興味津々《きょうみしんしん》であった。

「ほっほっほ。またかもになるべくして小国が独立しおったわい。アホめ」

小国は、運よく独立できたとしても、数年のうちに他国に取り込まれてしまうことが常である。なぜなら、大国と比べて、圧倒的に物量で劣るからだ。そして物量はそのまま、軍事力に直結する。後ろ盾のない小国が、この世界で生き残ることは困難を極めた。

「次の世界会議で、あれこれいちゃもんをつけて資源をぶんどってやるわい……！」

ラポンシェフト33世は、そうやって小国の王をいびるのをなによりの楽しみとしていた。半年に一度行われる世界会議において、彼は他国を何度も陥れてきた。

「ちょうど大陸の東側にも進出したいと思っておったところだ。これを機にアルトヴェールとやらを滅ぼし、侵略の足掛かりにするとしよう……」

しかし、そんな悪だくみをしているラポンシェフト33世の元にも、アルトヴェールから贈り物が届く。ロインの集めた、数々のレアドロップアイテムだ。

「んな……!?　なんじゃこれは……!?」

ラポンシェフトは、腰を抜かして泡を噴いた。自分が侵略しようかと思っていたところは、とんでもない大国だったのだ。

小国だと侮っていたら、こんな大量の贈り物。もしあのまま知らずに攻め込んでいれば、どうなっていたか……。そんな恐怖が、ラポンシェフトを襲う。

なにせこれだけのレアドロップアイテムがあれば、簡単にラクラントス帝国を滅ぼせる。それを送り付けられて、ラポンシェフトは戦慄《せんりつ》した。

「アルトヴェール……いったいどういう国なのだ……」

それに答えるようにして、宰相が言った。

「実は調べによると……アルトヴェール王国の王、ロイン・キャンベラスは我が国にも多大な利益をもたらした人物だとか……」

「なに……!?」

「我が国の観光で有名な都市、ギルドラモンが発展したのは、すべて彼のおかげであるとか」

「そうだったのか……ロイン王……恐ろしい人物だ……。これだけの軍事力を誇り、さらに我が国の街にも干渉していたとは……恐れ入った……。我々が敵う相手ではなさそうだ……」

そうして、ロインの贈り物作戦は見事に成功した。

今回の贈り物によって、アルトヴェール国を敵視する国は無くなった。それどころか、その軍事力や物量的豊かさを知らしめることとなり、世界会議でも一目置かれる存在となった。しかも、ロインはあのミルグラウス帝国のケイン王と非常に親しくしている。その姿を見て、周りの王たちはみな、ロインに恐れと尊敬を抱くことになるのだった。

これはあくまで序章に過ぎない。

いずれ大陸を支配するほどの力を持つことになる、偉大なる王ロイン・キャンベラスの活躍は、まだまだこれからだ――。

巻末描き下ろし　最強のロイン軍団

俺が救った元勇者パーティの四人だが、あれからすっかり俺を慕っている。

というよりむしろ崇拝していると言ってもいいほどだ。

そんな彼らは俺のためになんでもやってくれようとしたが、俺が彼らに求めたのは一つだけ――強さだ。

「よし、貸出装備でギルドも充実してきたところだし、お前たちにもガンガン働いてもらう！」

俺は彼らをギルドに集めてそう言った。彼らには他の冒険者たちのお手本となり、目標であってほしい。いくら貸出装備があっても、やはり彼らの強さは他の冒険者とは一線を画していた。

「ロインさん、俺たちにも貸出装備を貸してください！　きっとギルド一番の成績を残してみせますよ！」

アレスターが張りきってこぶしを振り上げる。

「いや、お前たちには貸出装備じゃなく、専用の装備を用意した」

俺はガントレット兄弟に作らせた装備一式を机に並べた。元勇者パーティの四人のために特注させた一級品だ。貸出装備よりもふんだんに素材を使用している。

「こ、これは……！　い、いいんですか!?　こんな最強装備……俺たちがもらっても……？」

「当然だ。お前たちには俺と一緒に魔王軍と戦ってもらわなきゃだからな。下手な装備で足を引っ張られたら困る」

もともとこいつらは実力はかなりのものなんだ。油断や慢心がなければ、俺にあそこまでやられることもなかっただろう。

適切な装備を与えて訓練すれば、最高クラスの戦力になってくれるはずだ。

「あ、ありがとうございますロインさん！　俺たちを助けてくれただけでなく、こんな装備まで……！」

「感謝しますロインさん！」

「ありがとうございます！」

「ロインさん大好き！」

四人から熱烈な感謝を受け、俺は少しいい気分だった。

「うおおおお！　よし、さっそくクエストに行くぞ！　ロインさんのためにもっと強くなるんだ！」

「「「「おおーーーーー‼‼」」」」

◇◇◇

それからの彼らの活躍はすさまじかった。

さすがミレージュの街で長年ランキング上位の冒険者だっただけあって、他の追随を許さない活躍っぷりだ。これならいつまた魔王軍が攻めてきても、このアルトヴェールを安心して任せられる。

また、ミレージュの街の兵士たちも、一部アルトヴェールへと移住してきていた。アルトヴェール領の活気に魅せられた者が大半であったが、みなやる気のある前途有望な若者であった。以前俺が兵舎に素材を差し入れしたときに、慕ってくれていた者たちもいる。

いつしかアレスターたちを中心に、兵士や冒険者たちで防衛軍が組織されていた。これも俺の狙い通りだ。潤沢な資源と人を集め、このアルトヴェールを一大防衛拠点とする。そうすることで、他の街に魔王軍の被害を出さないようにするんだ――！

◇◇◇

そんなある日の夜。

みんなが寝静まった寝室に、忍び寄る影があった――。

「う……ん……」

その日は夜の営みをせずに、みな静かに眠っていた。超巨大なベッドに、俺を中央にして、クラリス、サリナさん、ドロシー、カナンが寝ている。そこに、こそこそと夜這《よば》いを仕掛けてきたのは……。

「なにやってんだ⁉　モモカ、エレナ……⁉」

「ば、バレた……⁉」

俺の上に、あの元勇者パーティのモモカとエレナがパジャマ姿で乗っかっている。他の連中を起こさないようにこっそりやってきたようだが、さすがに上に乗られたら俺も目を覚ます。

「ロインさん……！　今夜は私たちがロインさんを癒しに来ました……！」

「はぁ……!?」

「いつもは皆さんとのまぐわいで忙しそうだったので遠慮していたのですが……今日は寝室が静かだったので」

「そ、そういうことじゃなくって……！　ていうかまぐわいとか言うな……！」

モモカは俺の上で体を密着させ、その豊満な胸を押し当ててくる。

エレナは少し消極的に、俺の足元にちょこんと座って、熱っぽい表情を浮かべている。

くそ、どういうつもりなんだこいつら……！　そういえば前に、お礼がしたいと言われて行った食事会でも、胸を押し当てられたりしたな……。

「ちょっと待て、俺の横でお嫁さんたちが寝てるのが見えないのか……!?」

「でも……そのほうが燃えるでしょう？　大丈夫ですよロインさんは王様なので、側室の一人や二人くらい」

「いや待て待て……！　アレスターはいいのか!?　お前たちアレスターとは恋人じゃないのか？」

俺はなんとか拒む理由を考える。確かに彼女たちは魅力的だが、こんなところで誘惑に負ける俺ではない。

「ああ、アレスターはもういいんですよ。腐れ縁ってやつですから。体の関係もありませんでしたし……。それよりも、今はロインさん……あなたにご奉仕したいんです！　ね？　エレナ？」

「はい……私も、ロインさんなら……」

そう言いながら、二人は俺に服に手をかけた。まずいまずい……この状況は非常にまずい……！

「ダメだって……！」

「ん？　なにがダメなんですか……？」

「だから……！　浮気になっちゃうから……！　……って……ん？」

今の声は、モモカともエレナとも違う……。ということは……？

俺はふと、横を向いた。

するとそこには、目を覚まして体を起こした状態のサリナさんがこっちを向いていた。

「さ、サリナさん……!?」

さすがに大きな声を出しすぎたのか、起こしてしまったようだ。まあそれでも他の馬鹿三人はぐーぐー眠っているのだが……。

だがサリナさんは俺の上に乗るモモカとエレナに怒るでもなく、ただ俺を見つめている。

「あ、あの……サリナさん。これは違うんです……こいつらが勝手に……」

「ロインさん、なんでそんなに慌ててるんです？」

「え……？　だって……」

「今更じゃないですか……？」

「あ……」

言われてみると、確かに俺はなにを慌てていたんだ……？　俺が複数の女性と関係を持っているのは、今に始まったことじゃない。

「で、でも……俺は別にお前たちを愛してるわけじゃ……ないぞ？」

あくまで元勇者パーティの面子《めんつ》とは、そういう出会いをしていない。これからそうなることはあっても、まだ俺の気持ちはそこまで傾いてはいなかった。

「だから、側室でもいいです……！　今夜だけでも……！」

「ご奉仕させてください！」

困った俺は、助けを求めるようにサリナさんの方を向いた。

「もう、私は気にしませんよ？　それに……ロインさんの体はさっきから正直になっていますよ？」

「あ……」

そう言いながら、サリナさんは俺の体に手を伸ばしてきた。どうやら、そういう雰囲気になって、サリナさんにも火がついてしまったようだ。こうなったら、もう俺にはどうすることもできない。

「ほら、お二人ももう限界みたいです。抱いてあげたらどうですか？　それも、勇者としての甲斐《かい》性《しょう》なんじゃないですか？」

「わ、わかりましたよ……。ほら、じゃあ三人まとめてかかってこい……！」

俺はサリナさん、モモカ、エレナを一気に抱きしめた。

「ありがとうございます！　ロインさん！」

「たくさんご奉仕させていただきます！」

他の三人を起こさないように、声を抑えて事に及ぶ。なんというか、とても背徳的な気分になって頭がクラクラする。

そのまま朝まで励んだが、結局馬鹿三人は目を覚まさなかった。

朝になってから「私たちも交ざりたかったのにー！」とカナンに文句をひたすら言われてしまったのだった。

俺としては三人の相手をするだけでもへとへとだったから、六人同時には勘弁してほしいところだ。

まったく……夜のほうでも最強の軍団だなこいつらは……。

あとがき

起立！　気をつけ！　学生時代、学級委員長だったことは過去一度もない月ノみんとです。

まずは第二巻をお手に取っていただき、ありがとうございます！　第二巻を読むということは、きっと第一巻も読んでくださったのでしょう！　感謝しかありません！

まさか第二巻まで出せるとは！　うれしくて仕方ありません！　続刊って素敵な響きですね。

個人的に、二巻では、さらにロインたちの魅力もパワーアップしてお届けできたのではないかと、自信があります！　気に入っていただけると、うれしいです。

今回もWEB版からの加筆もりだくさんでお届けしました！　WEB版との大きな違いは、アレスターたち元勇者パーティの存在ですね。WEBでは生き返らなかった彼らですが、やはり書籍では後味が悪くなるかなと、生存ルートにしました！　元々生存ルートでも考えていたので、書きたいものが書けたという感じです。ロインを慕う仲間たちができて、アルトヴェール領はさらに賑やかに！

新ヒロインのカナンちゃんは自分でもかなりお気に入りのキャラです。可愛《かわい》くて、強気で、でもちょっとポンコツなところがあって……クラリスとはまた違った魅力があります。

今巻では、賑やかなアルトヴェール領の様子や、ロインの周りの人間たち……それから、大きな山場となる戦いもうまく描けたと思います。楽しんでもらえるといいな！

しかも、今回はなんとうれしいお知らせもございます！　なんと、この『確定レアドロップ』ですが、コミカライズも決定しております。そちらもぜひぜひお楽しみに～！　私も今から、原作者としても、読者としても楽しみです。情報は追って出ると思うのでぜひＴｗｉｔｔｅｒなどをチェックしてください！

それと一つ、訂正をしなければならないことがあります。一巻のあとがきで【『求不得苦』は四苦八苦の四苦の一つです】と書いた私ですが……。なんと四苦ではなく、四苦にさらに別の四苦を加えた八苦のほうでした。四苦と言うのは『生老病死』の四つを言うのでしたね。勘違いをしていてお恥ずかしい……。え？　どうでもいいですか？　まあまあ、求不得苦に続く四苦八苦シリーズの命名キャラは、今後も出てくるのでお楽しみに！　まあ、三巻が出ればですけどね！　出したい！　続刊したいなぁ……。応援よろしくお願いします。

それでは最後に謝辞を。今回も前回に引き続き、素敵なイラストを仕上げてくださった、みなせなぎ先生（カナンのキャラデザとか、本当にイメージ通りでいつも完璧可愛いイラストです！）それから担当編集様、出版社様、レーベル様、製本に関わってくださったすべての皆様……本当にありがとうございました。そして、この本を買ってくださった皆様。応援してくださったＷＥＢの読者様。何より皆さんに感謝を伝えたいです。読んでくださって、ありがとうございます。それでは、またお会いできることを祈ってます……！

BKブックス

俺だけ《確定レアドロップ》だった件

～スライムすら倒せない無能と罵られ追放されたけど、
初めて倒した一匹から強武器落ちました～2

2023年2月20日　初版第一刷発行

著　者　月《つき》ノみんと

イラストレーター　みなせなぎ

発行人　今 晴美

発行所　株式会社ぶんか社
〒102-8405　東京都千代田区一番町29-6
TEL 03-3222-5150（編集部）
TEL 03-3222-5115（出版営業部）
www.bknet.jp

装　丁　AFTERGLOW

編　集　株式会社 パルプライド

印刷所　大日本印刷株式会社

ISBN978-4-8211-4653-6